KB178704

IQ-UP 퀴즈백과 ③

김 영 진 엮음

지 성 문 화 사

차 례 ♠

1
숫자로직 퍼즐

[푸는 방법]

①퍼즐판 속에 주어진 숫자는 해당 칸 수 만큼 연결된 공란이 있다는 뜻이 된다.(정답 참조) ②숫자가 들어있는 공란은 인근의 다른 공란과 검게 칠해진 부분으로 구별되어야 한다. ③검게 칠해지는 부분은 반드시 한줄로 진행되어야 하며 모두가 연결되어 있어야 한다. ④이제 문제를 풀어보자. 먼저 숫자와 숫자 사이에 공란이 하나밖에 없을 경우 검게 칠해져야 한다는 것을 알 수 있다. ⑤1이라는 숫자는 그 주위의 칸들이 모두 검게 칠해져야 한다는 사실도 쉽게 알 수 있다. 푸는 요령만 익히면 생각보다 훨씬 쉬운 문제이다.

문제 *1.*

A.

									3
							2		
5			1						
		11							2
3							2		
					3				6
		3							
7									

B.

					3			13	
8							3		
	2								
							3		
		4							5
	6			3					

문 제 2.

A.

4									
								5	
2			3						
					3				
						2			3
2			2						
				4					
						2			4
	4								
									7

B.

3		4		3		4			
						5			
			3			4			
		5				2			
		2				6			

문제 *3.*

A.

		5							1
					5			4	
									3
	2			3		1			
					1				
2									3
						3		1	
		2			6				

B.

									6
1									
				6			3		3
1		4							
							2		3
1		5			2				
									8
1									

정 답

① - A

									3
						2			
5			1						
	11							2	
3						2			
					3		6		
	3								
7									

① - B

				3			13		
8					3				
2									
						3			
	4						5		
6		3							

② - A

4								
						5		
2		3						
			3					
				2			3	
2		2						
		4						
			2			4		
4								
						7		

② - B

3	4	3		4			
				5			
	3			4			
5				2			
2				6			

③ - A

	5					1
		5		4		
					3	
2		3	1			
		1				
2					3	
			3	1		
	2		6			

③ - B

					6
1					
		6	3	3	
1	4				
			2	3	
1	5	2			
				8	
1					

너희가 성을 아느냐 에로틱 OX퀴즈

혹시 '나는 성(性)에 대해 100% 올바르게 알고 있다'고 자부하고 있지는 않는가. 아니 100%는 아니더라도 혹시 내가 알고 있는 성에 대한 지식이 혹시 잘못된 것이 아닐까 생각해 본 적은 있는지? 가령 '대머리가 정력이 더 세다'라는 말이나 '욕조에서 콘돔을 사용해도 안전하다'라는 말이 맞는 말인지 아니면 틀린 말인지 자신 있게 대답할 수 있는가. 다음의 성에 관한 OX퀴즈를 풀어보고 과연 나의 성에 대한 상식은 어느 정도인지 알아보자.

1 여성들이 선호하는 남성의 성기는 굵고 짧은 것보다는 긴 것이다?

2 전세계 남성의 3분의 1이 조루증에 시달리고 있다?

3 남성의 경우 코가 클수록 성기도 크다?

4 남성의 성기는 나이가 들어도 계속 자란다?

5 아침에 관계를 가질 경우 임신할 확률이 가장 높다?

6 섹스를 많이 할수록 장수한다?

7 사우나의 열기는 정자 건강에 해가 된다?

8 욕조에서 콘돔을 사용해도 안전하다?

9 여성도 남성처럼 사정을 하는 경우가 있다?

10 대머리 남성은 정력이 세다?

1 X 여성들은 길고 두께가 가는 경우보다는 짧고 굵은 경우에 더 만족감을 나타낸다. 실제로 18~25세의 미국 여대생들을 대상으로 실시한 미국의 한 설문 조사에 의하면 90% 이상이 '두꺼운' 생김새를 더 선호한다고 응답했다. 즉 두꺼울수록 여성의 클리토리스를 자극하는 데 더 유리하기 때문이다.

2 ○ 독일 하노버의과대학의 연구 결과에 의하면 젊은층의 30%가, 그리고 장년층의 31%가 각각 섹스 도중 사정이 비교적 빨리 진행되어 낭패를 보고 있다고 대답했다.

3 X 코가 크거나, 또는 머리카락이 빨리 자란다거나 손가락이 길다고 해서 성기 또한 큰 것은 아니다. 부산의과대학이 6백55명의 성인 남성을 대상으로 실시한 연구 조사에 의하면 인체의 일부 중 남성의 성기의 크기와 비례하는 것은 없다.

4 X 최근 실시된 독일 에센대학의 조사에 의하면 남성의 성기는 일정한 나이가 지나면 더 이상 자라지 않는다. 18~19세의 청소년들과 40~60세의 장년층의 '길이'를 비교해 본 결과 불과 1cm 차이도 나지 않았으며, '두께' 역시 별반 차이가 없었다.

5 X 하루 중 아침보다는 신체 내 호르몬과 영양소가 가장 활발한 활동을 보이는 오후 무렵이 임신할 확률이 가장 높은 때이다. 특히 오후 5시~5시 반에 임신이 가장 잘 이루어진다.

6 ○ 영국의 한 의학박사가 실시한 연구결과에 의하면 섹스를 즐기는 사람일수록 그렇지 않은 사람보다 더 오래 산다고 한다.

가령 일주일에 2회 이상 관계를 갖는 남성의 경우 금욕적인 남성보다 사망률이 50%가량 낮은 것으로 조사되었다. 이유는 간단하다. 섹스 역

16

시 기타 운동과 마찬가지로 신체 건강에 도움이 되기 때문이다.

7 ○ 남성의 성기에 가장 이상적인 온도는 31℃ 정도다. 너무 더울 경우에는 정자 수가 감소하거나 활동이 둔해지는 등 정자의 건강 상태에 영향을 미치게 된다.

8 X 물 속에서 콘돔을 올바르게 끼우기란 웬만해서는 쉬운 일이 아니다. 또한 욕조에서 오일을 사용할 경우에는 콘돔의 고무에 구멍이 생겨 침투성이 생기게 된다. 안전한 섹스를 위해서는 욕조에서의 섹스는 피하는 것이 좋다.

9 ○ 한 섹스 연구가에 따르면 약 3분의 1 가량의 여성들이 이미 사정을 경험한 바 있는 것으로 조사되었다. 여성의 G스팟을 자극하면 클라이맥스에 도달해 다량의 뿌연 액체가 방출되는데 바로 이것을 여성의 사정이라고 한다.

일부 학자들은 이것을 단순히 소변이라고 주장하고 있다.

10 X 대머리 남성의 경우 신체 내에 남성호르몬의 일종인 테스토스테론이 많다. 하지만 이 호르몬 수치가 반드시 정력과 비례하는 것은 아니다.

2
추리 게임

문제 **1.** 화단은 알고 있었다.

K형사는 사고 현장으로 달려가자마자 무엇보다도 먼저 너무나도 아깝다고 생각했다. 그것은 자기의 몇 년치 월급을 부어넣어도 손이 미치지 않을 고급외제차 벤츠가 전신주에 부딪쳐 엉망이 되어있었기 때문이다.

타고 있었던 것은 젊은 두 사람의 남녀로서 남자는 앞 유리창을 깨고서 즉사, 여성은 중상이었다. 무참한 핏자국과 도로 옆의 화단의 꽃이 매우 대조적이었다.

K형사는 병원에 가서야 겨우 입을 열게 된 여성으로부터 사건에 대해서 들었다.

다음은 그 대화의 내용이다.

형사:그렇다면 운전을 한 것은 그 사람이고 당신은 조수석에 있었단 말입니까?

여성:예. 그이는 술을 조금 마셨습니다. 때문에 긴장감이 떨어져 분리대를 스칠 정도로 달리기도 하다가… 그만…

형사:과연, 그 밖에 뭔가 참고가 될 것은…?

여성:달리고 있는 차창 바로 밑에 화단이 있었기 때문에 사고 직전이었습니다만… 무슨 꽃을 좋아하느냐고 그와 얘기했었지요. 그나저나 내 얼굴의 상처를 정형하는데 굉장히 많은 돈이 들 것 같아요. 그이의 부모에게 청구할 작정이에요.

형사:안 됐지만 아가씨 그것은 말이 안 되는 이야기지요. 그를 죽인 것은 바로 당신이니까…

그럼 K형사가 간파한 사고의 진상은 과연 무엇일까?

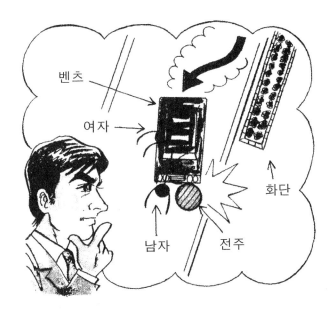

문제 **2.** 완전 범죄를 간파하라

R전기 상회의 주인은 굉장한 도박광이다. 덕분에 가게의 경영상태는 완전히 위기에 몰려 있었다. 때문에 이 교활한 주인은 화재보험금을 속여서 타낼 작정을 했던 것이다. 가게에 있었던 발화장치에 타임 · 스위치를 부착시킨 뒤 가게를 비우고 외출했다. 이 계획은 성공하였을뿐만 아니라 부근의 점포들을 10동이나 태우는 대화재가 되고 말았다.

아래는 주인과 취조를 맡은 형사와의 일문일답 내용이다.

형사:불이 났다고 생각되는 곳에서 T · S(타임 · 스위치)의 잔해가 발견됐어요. 아무래도 방화범은 T · S에 발화장치를 설치한 모양입니다.

주인:하하하… 형사님은 아무래도 나를 의심하는 모양이군. 하지만 T · S는 우리가게에서 팔고 있는 물건이니 타버린 잔해가 몇 개나 더 발견된다 해도 이상할 것이 없지요.

형사:그런데 발화시간인 10시경 어디에 계셨지요?

주인:마악 친구집에 도

착하고 있었습니다. 아무튼 차로 가게에서 1시간 반은 걸리니까요. 8시30분경에 가게에서 나왔다고 생각합니다.

형사:과연…

주인:형사님 조사해 보면 알게 될테니 말해 두는데 우리가게에서 팔고 있는 T·S는 모두 최고 1시간 후에 스위치가 들어오도록 되어있는 것들 뿐입니다. 그렇다면 10시경에 불이 난 것이라면 9시에 T·S를 작동시키지 않았으면 안 됩니다. 그런데 나는 8시30분에는 가게에서 나와있었던 것입니다. 10시까지 친구집에 도착하기 위해서는 그것이 빠듯한 시간이니까요. 그러니 가게에 없는 내가 어떻게 T·S를 작동시킬 수 있겠습니까?

형사:…!

뒷마무리 수사 결과 주인이 말한 것은 모두 사실이었다. 그렇다면 그는 어떤 트릭을 사용하여 방화장치를 설치한 것일까?

-검시-

자연사(병사 등)가 아니고 변사체 등이 발견된 경우 경찰의는 사체를 해부하여 조사하지 않으면 안 된다. 이것을 행정해부라고 한다. 변사체 발견이 바로 살인사건 발생이라고 하는 경우가 있기 때문이다. 검시의 순서로서는 사체의 맥박을 조사한다든지 눈까풀을 벌려 눈동자에 빛을 비쳐서 변화를 조사하거나 하는데 최종적으로 의사의 판단에 의하여 죽었다고 인정되는 것이다.

사체에는 사반이라고 하는 얼룩 모양이 반드시 나타난다. 이것은 심장의 정지에 의하여 몸의 혈액이 중력의 작용으로 자연히 아래로 내려가기 때문에 나타나는 현상인데 이 사반의 색에 의해 어느 정도의 사인을 알 수 있다. 가령 선홍색(선명한 붉은색)을 하고 있으면 청산계의 독극물사 · 동사 · 일산화탄소에 의한 중독사 등이다.

-유류품-

범인이 현장에 남겨두고간 것을 유류품이라고 한다. 가령 범행에 사용한 흉기, 혹은 범인이 직접 몸에 지니고 있었던 물건 등이다. 유류품에 의해 범인의 성별·사회적 지위·나이·직업 등 여러 가지 사실을 알 수 있다. 예를 들면 의복 등 직업에 따라 상당히 틀린다.

이것은 실화인데 현장에 남겨진 범인의 것으로 생각되는 샌들바닥의 앞부분이 상당히 닳아없어져 있었다. 그것으로 해서 수사진은 범인은 자전거를 잘 타는 사람이 아닐까 하고 추리했다.

페달에 발을 걸쳤을 경우 아무래도 발가락끝 부분에 힘이 미친다. 그래서 닳아없어진 것은 아닐까라는 추리다. 이와같이 유류품은 범죄수사해결을 위해 아주 중요한 것이다.

문제 **3.** 총탄은 굴곡되지 않는다.

이른 아침, P공원에 사살시체가 있다는 통보가 112에 신고됐다. 수사진이 공원에 도착하니 그림과 같은 위치에 남자의 사체가 있었다. 얼핏 보기에는 불량배로 보이는 생김새였는데, 사망 시각은 지난 밤 한밤중이 조금 지난 때로 판명되었다. 아무래도 마약 밀매에 연관되어 살해당한 것 같았다.

총탄은 배후로부터 어깨를 통해 심장에 도달해 있었다. 즉 상당히 높은 각도에서 사격당한 것으로 추정되었다. 그런데 이상한 점은 공원의 주위에는 그것에 해당되는 높은 건물이 없다는 것이었다.

그렇다면 킬러는 억지로 쭈그리고 앉아 위에서 쏜 것일까? 그렇다해도 즉사에 틀림없는 남자의 죽은 얼굴은 매우 평온한 표정이었고 다툰 흔적도 없었다.

그렇다면 잔혹한 킬러는 어떤 방법으로 이 남자를 사살한 것일까…?

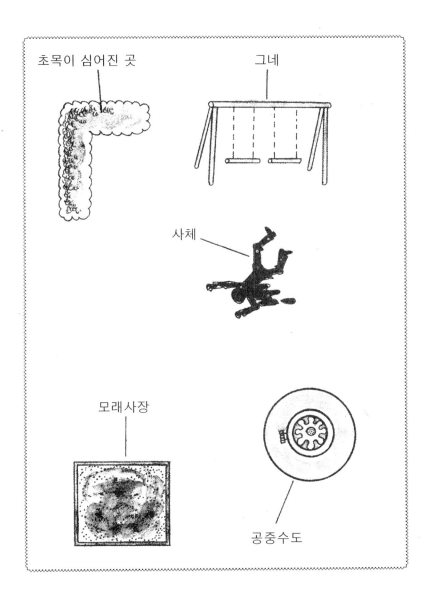

초목이 심어진 곳

그네

사체

모래사장

공중수도

문제 **4.** 시계는 정확하게 시간을 알리는가?

금고당번인 노인이 재고품을 점검하던 중에 짐 밑에 깔려 사망하는 사건이 발생했다.

제1발견자는 동료인 갑식이라는 젊은 남자였다. 이 창고는 교대제로 갑식이 아침 출근했더니 이 같은 사고가 일어나 있었다는 것이다.

노인이 팔에 차고 있던 시계는 깨져 바늘은 8시를 가리킨 채 멈춰있었다. 더구나 전날 밤 7시반에는 노인이 자택에 전화를 걸었기에, 사망추정시간은 지난 밤 8시가 틀림없는 것 같았다.

이하는 형사와 갑식과의 대화 내용이다.

형사:사체가 발견되고나서 이 현장에 있는 것들은 아무것도 손대지 않았지요?

갑식:물론이죠. 그나저나 무척이나 열심히 일하던 노인이었는데 이런 사고를 당하다니… 사람의 운명은 모르겠군요!

두 마디 · 세 마디 · 갑식에게 질문을 던지던 형사는 볕이 드는 창문으로부터 아침해가 비쳐와도 아직 어둠침침한 창고 속을 둘러보았다. 벽에는 「절전에 협력을!!」이란 커다란 포스터가 붙어있었다. 그것을 보는 순간 형사는 갑식의 증언에는 거짓말이 있다는 것을 알아차렸다.

얼마 후 갑식은 노인을 살해했다고 자백했다. 돈을 빌렸었는데 갚으라고 다그쳐서 지난 밤 8시경 노인을 해치고 현장을 위장했다고 말했다. 그렇다면 형사는 갑식의 거짓말을 어떻게 간파한 것일까?

문제 5. 유원지에서의 살인 사건

어느 일요일 가족동반으로 벅적거리는 R유원지에서 살인사건이 발생했다. 놀이차에 타고 있는 두 사람 중의 하나가 사살되었던 것이다.

범인은 도주했는데 얼마 안되어 유원지 안에서 경비원에게 잡혔다. 그런데 이상한 점은 범행에 사용한 권총을 가지고 있지 않다는 것이었다. 범행 후 얼마 지나지 않아 잡혔고 그럴만한 곳에 숨길 시간도 없었다. 수사진은 이것은 공원 내에 공범자가 있었으며 그에게 맡긴 것이라는 결론에 도달했다.

어쨌든 권총이 발견되지 않으면 범행을 입증할 수가 없기 때문에 유원지의 출구에서는 손님과 관계자들 한 사람 한 사람을 모두 체크해 갔다.

그러나 그런데도 권총은 발견되지 않았다.

아래에 그 때 유원지에 있었던 한 가족이 찍은 스냅사진을 공개한다. 이 중에 공범자가 있기 때문이다. 범인을 찾아내고 아울러 권총을 숨긴 곳도 분명히 밝혀 주기 바란다!

문제 6. 자살인가? 타살인가?

M병원 8호실(개실)에는 젊은 여성이 입원해 있었다. 심장이 나빠 병원생활을 한 지가 어느덧 1년이 된다. 그녀는 대단한 미스터리·팬이어서 잠들기 전에는 반드시 탐정소설을 읽는 일이 습관으로 되어 있었다. 그 날도 간병인에게 신간을 사 오게 했다.

이튿날 아침 그런 그녀가 침대 위에서 과도로 손목을 베인 채 죽어있는 것이 발견되었다. 옆에 있는 작은 책상 위에는 신간책이 덮혀진 채 놓여 있었다. 자살로도 타살로도 보이는 죽음이었다.

간병인의 증언에 의하면 그녀는 평소보다 열심히 그 미스터리소설을 읽고 있었다고 한다. 달려온 형사는 정성껏 현장조사를 한 다음 수사회의의 석상에서 「타살설」을 강력히 주장했다.

그렇다면 그녀의 죽음은 병고를 비관한 「자살」인지 누군가에 의한 「타살」인지 어느쪽일까? 또 「타살설」을 주장하는 형사가 내세우는 근거는…?

문제 7. 밀실살인은 가능할까?

어느 날 밤의 일. 112에 "살려줘. 죽이려고 해요…" 라는 전화가 걸려왔다.

전화를 건 남자는 힘이 다했는지 전화는 그것으로 끊기고 말았다. 역탐지한 결과 그것은 문철이라는 사나이의 방에서 건 전화였다.

문철은 악질적인 사기꾼이었다. 많은 사람에게 원한을 사고 있다는 것을 자각했기 때문인지 자택인 맨션의 문에는 보통의 손잡이를 누르면 잠기는 자동자물쇠 외에 안쪽에서 잠그는 열쇠를 두 개나 부착하고 있었다.

달려간 경관이 3개나 되는 자물쇠가 잠귀어져

있는 문을 겨우 부수고 안으로 들어갔더니 피의 바다 속에서 손에
칼을 쥔 문철이 숨이 끊어져 있었다.

맨션의 창문도 열렸던 흔적이 없었기에 문철은 완전한 밀실 안에
서 죽어있는 것이 된다. 물론 자살할 사나이도 아니고 살인사건인
것이 분명하다.

그런데 탐문수사 결과 Ⓐ Ⓑ Ⓒ 3명의 인물이 맨션 부근을 어슬렁
거렸다는 것을 알아냈다. 당신의 추리력으로 밀실의 수수께끼를
풀어 진범인을 잡아주기 바란다. 더구나 맨션의 복도는 번쩍번쩍
닦여진 리놀륨(건성유에 수지 · 고무 · 코르크가루 · 안료 등을 섞
어 천에 발라 얇은 판자 모양으로 만든 건축자재)로 깔려있다.

-독약-

독물에 의한 살인은 역사적으로 보아도 상당히 오래 된 것이다. 중세 유럽에서는 독살은 여자의 범죄수법이라고 생각하던 시대도 있었던 모양이다. 힘이 없는 자가 힘있는 자를 계략에 의해 죽인다는 해석일 것이다.

독물에 의한 중독사는 사체에 현저하게 특징이 나타난다. 그럼 주된 독약의 중독증상을 소개하겠다.

청산가리는 혈액중의 산소를 파괴하기 때문에 호흡곤란으로 사망한다. 수은의 독은 목구멍이 죄어지는 액을 흘린다. 린(인) 계통의 독은 심한 설사나 구역질이 일어난다. 농약은 위가 심하게 짓무른다. 스트리키니에(알카로이드계)는 심한 경련을 일으켜 근육이 경직되게 한다. 비소는 심한 설사와 경련·탈수 증상을 일으킨다.

문제 8. 유산 상속 살인사건

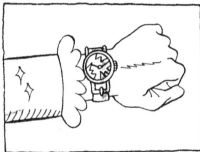

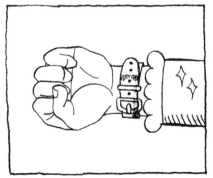

대부호인 원균씨는 신장 180cm, 체중 90kg의 거구이다. 그런데 어느 날, 자택의 거실에서 누군가에게 살해되어 있는 것이 발견되었다.

범인과 격투를 했는지 씨의 팔에 차고 있는 시계의 유리는 깨어졌고 바늘은 10시 10분을 가리킨 채 멈춰 있었다. 즉 범행시각은 10시 10분경이었는지도 모른다.

그런데 그에게는 3명의 조카가 있었다. 모두가 소행이 나쁘고 그의 재산을 노리고 있었다는 사실을 알게 되었다. 수사진은 서둘러 3명에게 사정 청취를 행했다. 그 결과 10시 10분경에는 3명 모두 알리바이가 성립되었다.

그런데 진범은 이 3명 중에 분명히 있는 것이다. 독자인 당신이 형사를 대신하여 진범을 알아내기 바란다. 여기에서 참고로 3장의 범행현장의 사진과 3인의 사진을 첨부해 둔다.

문제 9. 누가, 어떻게 독을 먹였을까?

스위스의 국제요양소에서 살인사건이 발생했다. 피해자는 일본 콘체른(기업)의 사장 아리마스 씨였다.

인터·폴의 회의때문에 마침 유럽에 와 있던 하상봉 경감은 즉시 현장으로 달려갔다.

사건 현장은 멀리 알프스를 바라보는 멋진 병실이었다. 아리마스 씨의 사인은 독극물에 의한 것인 모양이었다.

그런데 병실로부터는 독극물이 든 병이나 컵·음식물 등이 일체 발견되지 않았다고 한다. 그렇다면 범인은 어떤 방법으로 그에게 독을 먹였을까? 아니면 이것은 타살이 아니고 자살인 것일까.

전송사진으로 보내져 온 현장의 사진을 첨부하니 당신의 추리로 사건의 진상을 설명해 주시기 바란다.

38

문제 10. 은행강도 수배사진

마샬은 천체망원경을 구입했다.

새로운 수성을 발견하여 마샬수성이라는 이름을 붙이겠다며 의욕이 넘쳐 있다. 그런데 그런 그가 뜻밖의 일로 지상을 내려다보았다가 은행강도의 얼굴을 목격하고 말았다.

강도는 은행의 뒷문으로 나오자 그 때까지 쓰고 있던 고릴라 가면을 벗어버렸다.

즉, 강도의 원얼굴은 마샬의 천체만원경밖에 모르는 것이다. 서둘러 마샬의 증언과 닮은 3명의 남자가 수사선상에 떠올랐다. 당신의 추리력으로 은행강도를 잡아주기 바란다!

천체망원경으로 찍은 은행강도

문제 **11.** 피서지에서의 저격 사건

Y고원은 신흥별장지로 갑자기 각광을 받게 된 마을이다. 그러나 도로의 정비가 공사계획에 따라가지 못해 경사가 ㅂㅅ인 언덕길이 이어지고 있다. 이 조용한 마을에서 살인사건이 일어난 것은 어느 조용한 여름 날 오후였다.

서울에서 피서를 오던 회사사장이 차 속에서 사살된 것이다. 아래는 그 차의 전속 운전기사와 형사의 대화 내용이다.

형사:사장이 살해되었다고 알아차린 것은 별장에 도착한 직후입니까?

운전기사:네. 사장님은 시트에 기댄 채 깊이 잠들어 있다고 생각했기 때문에 도중에 말을 걸지 않았습니다.

형사:차는 물론 냉방중인 모양입니다만 도중에 차문은 어떻게 했지요?

운전기사:선선한 고원에 들어서면서 사장의 명령으로 냉방을 끊고 창을 열었습니다.

형사:흐음, 그렇다면 그 창이 열려 있는 것을 보고 밖에서 범인이 소음총으로 저격했단 말인가?

운전기사:형사님, 부디 빨리 범인을 잡아 주세요. 그처럼 좋은 사장님을 죽이다니 용서할 수 없습니다!

조사 결과 사장은 고원에 들어선 직후, 즉 1시간 정도 전에 죽어 있었다는 사실을 알게 되었다. 형사는 차 옆으로 접근하여 가슴이 피투성이가 된 사장이 자는듯이 늘어져 있었다는 시트를 바라보다가 한 마디 중얼거렸다.

형사:저 운전기사는 거짓말을 하고있다. 놈이 범인이다!

자, 형사의 추리는 과연 맞는 것일까?

문제 **12.** 조폭 사살사건

바 · 볼조의 지배인이 권총으로 사살되었다. 평소부터 조폭의 조직에 관계하고 있어서 평판이 좋지 못하던 남자였다.

아무래도 분쟁에 말려들어 살해된 모양이었다.

재빨리 유력한 용의자, 조폭의 간부인, 삼봉이 조사를 받았다. 삼봉은 당국의 엄격한 추궁을 당했는데 범행은 인정할 수 없었지만 권총을 소지하고 있는 것만은 확인했다. 그런데 그 권총은 2년 전부터 볼조의 지배인에게 맡겨둔 채였다는 것이다.

한강수 경위는 즉시 바 · 볼조를 가택수색했다. 그러자 가게의 비밀 선반장에서 낡은 신문지에 싸인 권총 1정이 발견되었다. 수사관이 즉시 초연반응과 총탄을 조사하기 위해 권총을 가지고 서로 돌아가려고 했다. 그것을 본 한강수 경위는 한 마디 했다. "돌아가서 감식할 것까지도 없다. 삼봉은 거짓말을 하고 있는 것이다. 그 권총이 범행에 사용했던 것임에 틀림없다!" 그럼 한강수 경위의 추리란…?

문제 **13.** 폭주족 충돌사 사건

폭주족의 대장 강선길이 전주에 격돌하여 즉사했다. 사건의 전모를 보고 있었다는 부 대장 서진용의 증언에 의하면 내용은 아래와 같다.

서진용 : "빨간 포르셰에 탄 미인여성이 용케도 확 우리들을 앞질러 갔거든요. 그래서 선길이 놈이 화가 나서 뒤쫓아 갔지요. 그러다 저런 일로…"

서진용은 울면서 이렇게 말했다.

현장의 사진을 참고로 첨부해 둔다.

과연 이 교통사고는 서진용이 말한 그대로일까?

문제 **14.** 알리바이의 위장을 간파하라.

싸구려 아파트의 한 방에서 독거노인이 살해되었다. 노인은 돈푼깨나 있었는지 방도 산뜻하고 가구도 비싼 것들이었다.

노인은 유일한 즐거움인 텔레비전의 야간경기를 보고 있었다고 한다. 그러나 범인에게 저항했을 때 그렇게 된 것인지 텔레비전의 콘센트가 벗겨져 있었다. 한강수 경위는 즉시 옆방의 젊은 남자에게 노인에 대한 얘기를 들어보았다.

아래는 두 사람의 대화 내용이다.

남자:이상한 노인이었지요. 내가 이 방에 그녀를 데리고와서 소곤소곤 이야기를 하고 있는데 그것을 몰래 훔쳐듣는 거예요

한강수 경위:그것은 악취미로군요

남자:그리고 다음 날 들은 것을 나에게 그대로 말하며 놀리니 화가 난단 말입니다

한강수 경위:그렇다면 당신은 노인을 죽일 동기가 있었던 셈이군요

남자:그럴 리가요. 그 때 나는 그녀와 데이트하고 있었어요. 확실한 알리바이가 있단 말입니다

한강수 경위는 노인의 방에 되돌아가자 텔레비전의 콘센트를 넣어보았다. 아무래도 스위치는 ON으로 된 채 있었던 모양인지 최근에 인기가 한창인 화제의 가수가 노래하고 있는 화상이 나타났다. 그리고 다음 순간 경위는 반사적으로 옆 방의 남자가 말한 거짓말을 간파했다.

그렇다면 당신은 그 이유를 알겠는가?

문제 **15.** 현금은 어디에?

N호는 영화에서도 소개된 무척이나 아름다운 호수이다. 그 N호 옆을 지나는 도로에서 농협의 현금수송차가 습격하는 사건이 일어났다.

피해액은 5억여원. 5억원은 전부 지폐로, 그리고 50만원은 전부 동전이 든 자루였다.

그런데 범인은 무엇때문에 무거운 동전이 든 자루까지 훔친 것일까? 그것은 어쨌든간에 즉시 비상선이 쳐지고 도로는 봉쇄되었다. 그런데 엄중한 검문에도 불구하고 현금은 어디에서도 발견되지 않았다.

아무래도 범인은 현금을 어딘가 매우 은밀한 곳에 숨긴 모양이었다. 그런데 이 사건을 알게 된 한강수경위는 현장에 달려갔으며 즉시 현금을 찾아냈다고 한다. 그에게 있어서는 대단히 손쉬운 사건이었던 모양이다.

그렇다면 현금은 도대체 어디에 어떤 방법으로 숨겨졌던 것일까?

정 답

1. 차를 운전하고 있었던 것은 여성이었던 것이다. 벤츠는 왼쪽 핸들로 조수석에서는 분리대를 스칠 정도로 달리는 경우 중앙선쪽에 있는 화단의 꽃을 볼 수는 없다.

2. 가게의 주인은 2개의 T·S를 연결하여 발화장치를 설치했던 것이다.

그렇게 하면 각각 1시간. 합하여 2시간을 얻을 수가 있다.

3. 킬러는 남자가 한껏 그네를 타고 있는 그림과 같은 상태일 때 공원 밖에서 사살했던 것이다. 죽은 자는 개구쟁이였던 어린 시절을 생각하며, 행복한 얼굴로 죽어 갔는지도 모른다.

4. 창고의 전등이 깨진 채였기 때문이다. 재고를 점검 중에 사고를 당한 것이라면 아무리 회사가 절전하라고 잔소리를 한다 해도 전등은 켜져 있었을 것이다.

그런데 갑식은 노인을 죽인 뒤 평소의 습관대로 스위치를 꺼 두고 창고에서 나왔던 것이다.

5. 피에로가 공범자이다. 권총을 받은 피에로는 거기에 풍선을 많이 달아 하늘로 날려보내고 말았던 것이다!

6. 「타살」로서 수사를 계속해야 한다. 형사는 신간책 속을 보았던 것이다. 그랬더니 읽던 페이지가 접혀있었다.

대단한 미스터리·팬인 환자는 다음 날에도 계속해서 읽을 작정이었던 것이다. 「자살」하려는 사람이 그런 짓을 할리가 있었을까?

7. 범인은 ⓒ의 남자다. ⓒ는 맨션의 복도에 잠복하여 기다렸다가 문철을 칼로 찔렀던 것이다. 문철은 칼에 찔린 채 방 안으로 달아나 자동식 자물쇠를 째빨리 잠근 뒤 두개의 자물쇠도 걸었던 것이다. 그리고 칼을 뽑았으나 출혈과다로 죽고 만 것이다. 물론 밖의 복도에도 다량의 혈흔이 남았을테지만 ⓒ는 정장의 상의로 그것을 닦고 쓰레기통에 버렸던 것이다. 복도는 리놀륨을 깔았기 때문에 얼핏 보고서는 혈흔이 있는 것을 몰랐을 것이다.

8. 범인은 Ⓐ의 사나이다. 3장째의 손목시계의 벨트를 찍은 사진을 봐주기 바란다. 시계의 벨트도 바지의 벨트도 언제나 대개는 같은구멍을 사용하는데 오랜 기간 동안 사용하면 그 부분에 반드시 주름(얼룩)이 생기

는데, 이상하게도 그것이 상당히 밖같쪽에 생겨나 있다. 그렇다는 것은 이 손목시계는 원균 씨의 물건이 아니었다는 이야기가 된다. 주름의 위치를 보고 말하자면 시계는 그보다 손목이 좀더 굵은 큰 남자의 것이었다는 것도 알 수 있다.

원균 씨 자신이 상당한 거구의 남자였으니까 그보다 큰 사나이라면 Ⓐ밖에 없다.

Ⓐ는 자기의 손목시계를 부수어 그것을 씨의 팔에 채우고 부재증명을 위장했던 것이다.

9. 범인은 체온계에 독을 발랐던 것이다. 일반적으로 체온계를 사용할 경우 입에 물게 한다. 따라서 독살범은 담당 간호사였던 것이다.

10. 범인은 Ⓑ의 남자다. 천체망원경은 거울과 달리 좌우 반대로 비치는 일이 없는 단순한 정상이 180도 회전하여 거꾸로 비칠뿐이다.

11. 사장은 잠자듯이 시트에 기대어 죽어있었다고 했다. 게다가 사망 시간은 별장에 도착하기 1시간이나 전이라고 한다. 하지만, 도중에 급경사의 凹凸길이 이어지고 있는 것이다. 이런 일이 과연 가능하겠는가. 사장의 몸은 시트에 쓰러지거나 시트밑으로 떨어지고 말았을 것이다. 따라서 형사는 운전기사가 거짓말을 한다고 간파했던 것이다.

12.권총을 싼 신문지의 날짜를 봤던 것이다. 2년 전에 맡아둔 채 있었던 것으로는 볼 수 없는 아주 가까운 날짜의 신문이었던 것이다.

13.서진용의 증언은 이상하다. 보통 오토바이 등이 전주에 격돌한 경우 사체는 반동으로 인해 진행방향으로 훌쩍 날아갔을 것이다.

14.텔레비전의 음량이 보통 소리에 비하여 컸기 때문이었다. 즉, 노인은 상당히 귀가 어두웠던 모양이다. 그러나 옆방에서 소곤거리는 말같은 것을 들었을 리가 없는 것이다.

15.범인은 동전이 든 자루의 무게를 이용하여 5억원이 든 자루를 호수 밑바닥에 가라앉혔던 것이다.

3
MENSA 프로그램

MENSA란⋯?

MENSA는 IQ(지능지수) 148 이상의 모든 사람을 회원 대상으로 하는 국제적인 모임이다. IQ 148 이상인 사람들은 전체 인구의 상위 2%를 차지하는데, 실제로 50명 가운데 한 명꼴로 가입 테스트를 통과할 수 있다고 한다.

　MENSA는 '탁자(table)라는 뜻을 가진 라틴어로, 원탁에 빙둘러 앉듯이 모든 사람들이 똑같은 지위를 갖는 모임이라는 의미를 담고 있다.

　MENSA는 높은 지능을 가진 사람들간의 친목 도모, 심리학연구, 지능을 감정하고, 향상시키는 일을 주로 하고 있다.

　MENSA의 회원들은 회계사, 의사, 변호사, 경찰 수사요원, 산업체 근로자, 교사, 간호사 등 다양한 직업에 종사하고 있는데, 회원수는 110,000명이라고 한다.

문제 **1.** 내기 축구

축구 시합의 승패에 내기를 거는 것은 얼핏 생각하기에는 순열로 계산하는 것 같지만 실제는 조합이다. 그것은 '8개의 경기 결과 알아맞히기' 가 팀 순위에 좌우되지 않는 것만 보아도 알 수 있다.

52개의 시합 중에서 승리 팀 8개를 골라내는 데에는 몇 가지 방법이 있는가?

문제 **2.** 수 익

주말마다 레모네이드를 파는 사람이 있다. 이제까지의 총 수입이 14.30파운드였다. 첫번째 주말의 수익은 1파운드를 넘는 액수였고, 그 이후로 매주 8펜스씩 수익이 증가했다.(1파운드 = 100펜스)

총 몇 번의 주말 동안 장사를 한 것인가?

문제 **3.** 빠져 있는 숫자

물음표 자리에 들어갈 숫자는 얼마인가?

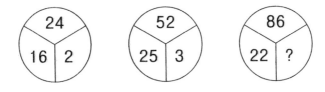

문제 4. 빠져 있는 수

주어진 수를 갖고, 빠져 있는 수를 채워 넣으시오.

2713		8
1936		
7413	84	

문제 5. 숫자 채우기

아래의 사각형 중에서 물음표가 있는 칸을 채우시오.

9	1	9	5
3	6	2	3
3	4	4	?
1	8	9	9

문제 **6.** 순 위

어떤 사람이 퍼레이드의 줄을 세워야 하는 일을 맡고 있다.

사람 수는 500명이 안 되는 수인데, 3명씩 세우거나, 4, 5, 6명씩 세워도 항상 한 명이 남는다. 그런데 7명씩 줄을 세우니 남는 사람이 없었다.

모두 몇 명이 있었을까?

문제 **7.** 빈칸 채우기

1−36가지의 수 중에서 아래에서 쓰이지 않은 것을 넣어서 가로, 세로, 대각으로 합이 111이 되도록 만드세요.

				5	30
15	10				
20					
25					
					35

문제 8. 품삯 계산

하인이 주인에게 자신의 품삯을 64개의 사각형으로 된 큰 체스판 위에 놓아 달라고 원했다. 첫번째 사각형에는 밀 한 알, 두 번째 사각형에는 밀 두 알, 세 번째에는 네 알, 네 번째에 여덟 알……
밀알은 전부 몇 알 놓여지게 될까?

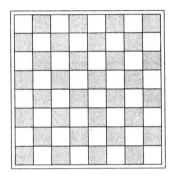

문제 9.

만약 개구리 다섯 마리가 5분 동안에 다섯 마리의 파리를 잡아먹는다면 50분 안에 50마리의 파리를 잡기 위해서는 몇 마리의 개구리가 필요한가?

문제 **10.** 나누기

어떤 수의 자리수를 모두 합해서 9로 나누어지면 그 수 자신도 9로 나누어집니다. 예를 들어 7767은 7 + 7 + 6 + 7 = 27

위의 관계가 성립되도록 아래의 16개 숫자로 사각형의 빈칸을 채우세요. 단, 횡렬과 종렬을 이루는 4자리 숫자는 좌에서 우로, 우에서 좌로, 혹은 위에서 아래로 아래에서 위로 어느 방향으로 읽든 위의 관계를 만족시켜야 합니다.

1. 1, 1,
2. 3, 4,
5, 5, 6,
6, 7, 7
7, 8, 9,
9,

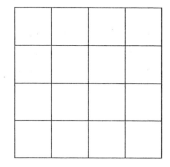

문제 **11.** 순 서

다음에 이어질 수 있는 선을 그으세요.

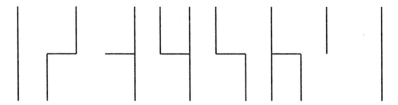

정답

① 752,538,150.

각각의 시합에는 2개의 팀이 맞붙게 되므로 총 팀 수는 104이다.

하지만 각 시합에서 선택되는(이기는) 팀은 하나이고, 지는 팀은 아무런 의미가 없다. 따라서 52개의 팀에서 단순히 8개 팀을 골라내는 경우의 수와 같다.

$$\frac{52\times51\times50\times49\times48\times47\times46\times45}{1\times2\times3\times4\times5\times6\times7\times8}$$

또는　　$\dfrac{52!\div44!}{8!}$　$= 752{,}538{,}150$

② 10번

③ 4.

$24 - 16 = 8;$　$\sqrt[3]{8} = 2$

$52 - 25 = 27;$　$\sqrt[3]{27} = 3$

$86 - 22 = 64;$　$\sqrt[3]{64} = 4$

④

2713	42	8
1936	162	12
7413	84	32

$2\times7\times1\times3 = 42,$　$4\times2 = 8.$

$1\times9\times3\times6 = 162,$　$1\times6\times2 = 12.$

$7\times4\times1\times3 = 84,$　$8\times4 = 32.$

⑤ 빠진 수는 0이다.

인접한 4개의 사각형으로 블록을 만든 다음 시계 방향이나 시계 반대 방향 둘 중 하나로 제곱수를 읽을 수 있다.

여기서 빠진 수는 0이다.

1936	2916	5329
3364	4624	2304
3481	4489	9409

⑥ 301명

⑦

11	18	13	29	36	4
16	14	12	34	5	30
15	10	17	33	28	8
20	27	22	2	9	31
25	23	21	7	32	3
24	19	26	6	1	35

⑧ $2^{64}-1.=18, 446, 744, 073, 709, 551, 615$개

각 사각형에 들어 있는 밀을 합하면

$$1+2^1+2^2+2^3+\cdots+2^{63}=2^{64}-1개.$$

⑨ 다섯 마리

⑩

2	7	3	6
5	9	6	7
4	1	8	5
7	1	1	9

⑪

보기의 그림들은 수평으로 직선이 빠진 숫자이다.

알쏭 달쏭 심리테스트

스스로도 몰랐던 자신을 발견하는 심리 테스트. 당신을 자아로 안내하는 여행을 소개한다. 앞으로 극복해야 할 장애물과 당신이 선택해야 할 길이 보일 것이다. 그런 연필을 들고 다음의 질문에 답해보자. 주관식이므로 답변은 구체적이어야 한다.

1] 당신은 지금 숲속으로 난 오솔길을 걷고 잇다. 걷다보니 두 갈래 길이 나왔다. 잔디가 깔린 넓은 들판을 올라가는 길과 나무가 빽빽한 골짜기로 내려가는 길이다. 당신은 어느쪽을 택하겠는가?

2] 당신 앞에 곰이 한 마리 나타났다. 그 곰은 어떤 모습일까? 큰지 작은지, 포악한지 순한지 상상해보라.

3] 나무 밑에 총이 한 자루 있는 것을 발견한 당신. 그 총을 만질 것인가. 그냥 둘 것인가?

4] 가다보니 이번에는 열쇠가 떨어져 있다. 그 열쇠는 금으로 된 것일까, 은으로 된 것일까? 그 열쇠를 집어들 것인가?

5] 길을 더 따라가다 보니 그릇이 나왔다. 그 그릇은 새것인가, 낡은 것인가? 당신은 그 그릇을 그냥 두고 가던 길을 갈 것인가?

6] 바로 앞에 물이 있다. 그 물은 바다인가, 연못인가? 물결은 어떠한가?

7] 그 물 건너편의 풍경은 어떤가? 무슨 색이 주조를 이루고 있는가?

1 너른 들판을 골랐다면, 당신은 모험심이 충만하여 새로운 경험을 즐기는 사람이다. 항상 앞서서 부딪히기를 좋아하는 타입. 계곡을 택했다면 조용한 삶에 만족하는 타입으로 역마살과는 거리가 멀다.

2 당신이 상상하는 곰은 친구, 연인, 직장동료들과의 관계를 반영한다. 무섭게 으르렁거리는 회색곰은 평소에 자신의 의견을 적극적으로 나타내지 못함을 나타낸다. 인간관계에서도 두려움이나 위협을 느끼는 편. 귀여운 아기곰을 떠올렸다면 당신은 인간관계에서 대부분 강자의 입장에 있는 사람.

3 총은 당신이 사람을 다루는 자세를 알려준다. 총을 만진다면 사람을 대할 때 완전무장을 하고 방어태세에 들어가는 사람. 그냥 두는 경우 방어적 제스처가 적은 타입.

4 열쇠는 당신이 이상적으로 생각하는 섹스 파트너를 의미한다. 금열쇠는 당신이 육체적 관계에서 권력을 잡고 휘두르는 타입이라는 뜻. 은열쇠는 부드러운 타입이다. 열쇠를 집어든다면 당신은 이미 이상적인 파트너를 찾았거나 당신의 이상형에 만족한다는 의미. 그냥 버려둔다면 당신이 아직도 정확히 어떤 타입의 파트너를 원하는지 잘 모르는 것이다. 앞으로도 상당한 혼란을 겪을 듯.

5 당신은 스스로를 성적(性的)으로 어떻게 평가하는지를 알 수 있는 질문. 당신이 자신의 신체와 성관계에 만족한다면 그릇을 집어들 것이다. 그냥 지나치는 사람은 자신에 불만이 있거나 성욕이 부진한 사람.

6 격렬한 파도는 당신의 앞날에 힘든 고비가 있음을 예언한다. 잔잔한 연못은 미래를 긍정적으로 본다는 뜻. 진흙이 있는

작은 개울은 미래가 어떨지 예측을 못하는 혼란상태를 나타낸
다.

7 풀이 무성한 초록색 풍경이 보인다면 앞으로 몇 년간 좋은
일이 생길 징조. 황량한 풍경을 상상했다면 염세주의자로 고단
한 날들이 예상된다.

4
마방진 퍼즐

♣ **푸는 요령**

①9칸으로 되어 있는 각 가로줄과 세로줄에는 1에서 9까지 숫자가 한번씩만 들어가야 한다. ②가로 세로 3칸씩으로 되어있는 작은 정방형 속에도 1에서 9까지의 숫자가 한 번씩만 들어가야 한다. ③이제 문제를 풀어보자. ⓐ에 들어갈 수 있는 숫자는 무엇일까? 우선 가로 첫째줄에 1, 2, 5, 7이 있고 세로 첫째줄에 1, 3, 8, 9가 있으므로 겹치지 않는 수는 4와 6이 된다. 그러나 첫째 정방형 속에 6이 있으므로 겹치지 않는 수는 4와 6이 된다. 그러나 첫째 정방형 속에 6이 있으므로 남는 수는 4가 ⓐ에 들어가게 된다. 같은 방법으로 ⓑ에는 8, ⓒ에는 9, ⓓ에는 3, ⓔ에는 7이 들어가야 한다는 것을 쉽게 알수 있다.

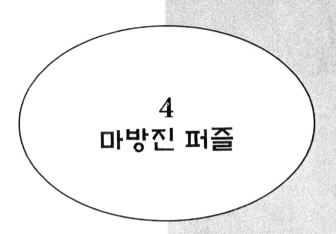

ⓐ	2	ⓑ		7	5		1	
1	ⓒ	ⓓ			4	5		8
ⓔ	5	6	8			2		
8	1			3		7		
9			5		6			3
		2		8			4	5
		9			1	4	3	
3		1	7					9
	7		3	9			2	

문제 **1**

A.

		2		7		6		
				2				
8			4		9			7
5			1		7			9
	6	3				1	8	
4			6		3			2
3			2		8			5
				5				
		7		3		4		

B.

9								6
	2		1		3		9	
		8	4		9	1		
	5	2	6		1	7	3	
				4				
	9	7	5		2	6	1	
		9	8		4	5		
	6		7		5		4	
5								1

문제 2

A.

	6	3				2	8	
9			3	2	7			6
4		1				7		3
	1			6			2	
	5		1		2		9	
	3			5			6	
3		6				8		5
5			7	3	4			2
	7	2				9	3	

B.

			5		8	3	4	
	8			3				6
		9		7		1		5
6					3			8
	7	2				5	6	
3			7					2
7		5		4		8		
8				5			2	
	2	3	6		9			

문제 **3**

A.

3	2						4	1
4								7
		6	1		3	2		
		7		8		4		
			9		7			
		3		2		5		
		5	8		4	9		
9								4
1	6						8	3

B.

				7				
		2	4		8	9		
	5	1		2		4	8	
	4			9			3	
2		8	1		7	6		9
	1			8			5	
	9	3		4		1	2	
		5	2		9	3		
				3				

문제 4

A.

	7	2		3		9	4	
3			6		8			5
6		5		7		8		3
5			3		6			9
	6			8			5	
9			5		4			8
7		8		6		3		2
4			7		2			1
	9	1		5		4	6	

B.

7			3	2	6			5
		1				8		
	3		4		8		7	
5		6				3		2
	2		8		1		9	
3		8				1		7
	5		2		9		6	
		4				2		
8			1	7	3			4

문제 **5**

A.

	2		8		7		4	
3		4				5		6
	6						2	
5			9		6			8
				2				
6			7		4			5
	3						5	
7		6				4		1
	5		4		8		3	

B.

		9		4		1		
		2	1		8	4		
4	1						8	7
	9			3			5	
5			8		9			1
	7			6			3	
9	6						7	8
		7	6		5	2		
		1		8		9		

문제 **6**

A.

		7	6	2	1	9		
						3	8	
					6		7	
	1	6	8				9	
4				7			2	
2		1		3			4	
6				5				
	8	9	1					

B.

9	3	4						
			1					
6	2	5						
			9	4	6		1	
			8				4	
			2			8	7	5
					3	2	6	7
			5	8	4	9		
					7	5		

정 답

① - A

1	4	2	8	7	5	6	9	3
9	7	5	3	2	6	8	4	1
8	3	6	4	1	9	2	5	7
5	2	8	1	4	7	3	6	9
7	6	3	5	9	2	1	8	4
4	1	9	6	8	3	5	7	2
3	9	4	2	6	8	7	1	5
2	8	1	7	5	4	9	3	6
6	5	7	9	3	1	4	2	8

① - B

9	4	1	2	7	8	3	5	6
7	2	5	1	6	3	4	9	8
6	3	8	4	5	9	1	2	7
4	5	2	6	8	1	7	3	9
3	1	6	9	4	7	2	8	5
8	9	7	5	3	2	6	1	4
2	7	9	8	1	4	5	6	3
1	6	3	7	9	5	8	4	2
5	8	4	3	2	6	9	7	1

② - A

7	6	3	5	4	1	2	8	9
9	8	5	3	2	7	1	4	6
4	2	1	8	9	6	7	5	3
8	1	9	4	6	3	5	2	7
6	5	4	1	7	2	3	9	8
2	3	7	9	5	8	4	6	1
3	4	6	2	1	9	8	7	5
5	9	8	7	3	4	6	1	2
1	7	2	6	8	5	9	3	4

② - B

2	1	6	5	9	8	3	4	7
5	8	7	4	3	1	2	9	6
4	3	9	2	7	6	1	8	5
6	5	1	9	2	3	4	7	8
9	7	2	8	1	4	5	6	3
3	4	8	7	6	5	9	1	2
7	6	5	1	4	2	8	3	9
8	9	4	3	5	7	6	2	1
1	2	3	6	8	9	7	5	4

③ - A

3	2	9	5	7	8	6	4	1
4	5	1	6	9	2	8	3	7
8	7	6	1	4	3	2	9	5
2	1	7	3	8	5	4	6	9
5	4	8	9	6	7	3	1	2
6	9	3	4	2	1	5	7	8
7	3	5	8	1	4	9	2	6
9	8	2	7	3	6	1	5	4
1	6	4	2	5	9	7	8	3

③ - B

4	8	9	5	7	1	2	6	3
3	7	2	4	6	8	9	1	5
6	5	1	9	2	3	4	8	7
5	4	7	6	9	2	8	3	1
2	3	8	1	5	7	6	4	9
9	1	6	3	8	4	7	5	2
7	9	3	8	4	5	1	2	6
8	6	5	2	1	9	3	7	4
1	2	4	7	3	6	5	9	8

④ - A

8	7	2	1	3	5	9	4	6
3	1	9	6	4	8	7	2	5
6	4	5	2	7	9	8	1	3
5	8	4	3	2	6	1	7	9
1	6	3	9	8	7	2	5	4
9	2	7	5	1	4	6	3	8
7	5	8	4	6	1	3	9	2
4	3	6	7	9	2	5	8	1
2	9	1	8	5	3	4	6	7

④ - B

7	8	9	3	2	6	4	1	5
6	4	1	9	5	7	8	2	3
2	3	5	4	1	8	6	7	9
5	1	6	7	9	4	3	8	2
4	2	7	8	3	1	5	9	6
3	9	8	5	6	2	1	4	7
1	5	3	2	4	9	7	6	8
9	7	4	6	8	5	2	3	1
8	6	2	1	7	3	9	5	4

⑤ - A

9	2	5	8	6	7	1	4	3
3	8	4	2	1	9	5	7	6
1	6	7	5	4	3	8	2	9
5	4	2	9	3	6	7	1	8
8	7	9	1	2	5	3	6	4
6	1	3	7	8	4	2	9	5
4	3	8	6	7	1	9	5	2
7	9	6	3	5	2	4	8	1
2	5	1	4	9	8	6	3	7

⑤ - B

8	5	9	7	4	6	1	2	3
7	3	2	1	5	8	4	9	6
4	1	6	9	2	3	5	8	7
6	9	8	4	3	1	7	5	2
5	2	3	8	7	9	6	4	1
1	7	4	5	6	2	8	3	9
9	6	5	2	1	4	3	7	8
3	8	7	6	9	5	2	1	4
2	4	1	3	8	7	9	6	5

⑥ - A

9	2	5	4	8	3	7	6	1
8	3	7	6	2	1	9	5	4
1	6	4	7	9	5	3	8	2
3	9	2	5	1	6	4	7	8
7	1	6	8	4	2	5	9	3
4	5	8	3	7	9	1	2	6
2	7	1	9	3	8	6	4	5
6	4	3	2	5	7	8	1	9
5	8	9	1	6	4	2	3	7

⑥ - B

9	3	4	7	6	2	1	5	8
7	8	1	3	5	9	4	2	6
6	2	5	4	1	8	7	9	3
8	5	7	9	4	6	3	1	2
3	1	2	8	7	5	6	4	9
4	6	9	2	3	1	8	7	5
5	4	8	1	9	3	2	6	7
2	7	6	5	8	4	9	3	1
1	9	3	6	2	7	5	8	4

★ 쉬 어 가 는 페 이 지 ①

^{성공 전략가}
마이클부치의 **6단계** 어프로치

몇 십 년 전, 스티브 잡은 자칭 '미친 것 같지만 근사한 아이디어' 를 가지고 있었고, 그 아이디어는 이후 그 유명한 애플 컴퓨터의 초석이 되어 PC 소프트웨어 사업을 일으켰다. 그리고 빌 게이츠 역시 마찬가지로 아이디어 하나로 윈도우를 개발, 세계에서 제일 돈이 많은 사나이가 될 수 있었다.
누구나 성공을 꿈꾼다. 그러나 성공하기 위해서는 '그 무엇' 인가 가 필요한 법. 그 무엇이란 대체 무엇일까. 성공 전략가 마이클부 치의 성공 전략을 배워보자.

1단계 **아이디어는 상상에서**

상상은 정신이 자유롭게 노니는 공간이다. 자고로 공상하는 자만 이 위대한 일을 일구어 낸다고 했다. 불가능한 것이라도 좋다. 무엇 이든 공상하고 상상하자. 그 아이디어가 완전히 허황된 것이라는 게 증명이 될 때까지 무한히, 무엇이든.

19세기 말, 공상과학 소설에서는 인간이 로케트를 타고 달나라 에 갈 수 있다고 했다. 당시에는 '픽션 속의 사건'으로만 치부되었 던 인간의 달 착륙. 그러나 20세기에는 실제로 이루어졌다. 상상의 현실화, 그것은 인간이 상상을 했고, 그러한 상상을 현실로 만들었 기 때문에 가능한 일이었다.

2단계 구체화 작업

공상은 재미있다. 공상 속에서는 공중을 날아다닌다거나 세계 최대 갑부가 되는 것, 혹은 높은 빌딩을 날아다니는 일이 얼마든지 가능하다. 하지만 성공하기 위해 가장 중요한 것은 그 공상을 구체적인 생각으로 바꾸어 현실화시킬 수 있도록 계획을 세우는 일이다. 인생에서 성공하고 싶다면, 성공의 자리에 도달할 수 있는 구체적인 계획을 세워야 한다. 제 2의 빌 게이츠가 되고 싶다면 그 목적을 달성하기 위한 구체적인 계획을 하나하나 세워야 한다. 그러나 그 계획은 안내서로 나와있지 않다. 그 역시 자신의 공상 속에 숨어 있어서, 당신이 현실화시키기를 기다리고 있다.

3단계 건설적으로 생각하라

공상을 제대로만 활용한다면 누구나 세상의 주인공이 될 수 있다. 하지만 잊지 말아야 할 점이 있다. 공상이 현실화되기 위해서는 돈, 친구, 정보 등 자신을 둘러싼 환경적 요인들을 염두에 두어야 한다는 점이다. 주위를 둘러보고 활용할 수 있는 기회를 제대로 포착한다면, 이미 반은 성공한 셈.

빌 게이츠가 장기적인 마이크로소프트 계획을 선언했을 때, 당시 대부분의 컴퓨터 기업은 그를 비웃었고 그의 선언을 '억지'라고 웃어 넘겼다. 당시 그들은 빌 게이츠가 자신의 비전을 현실화시킨 미래상을 가슴에 품고 있다는 걸 몰랐던 것. 또 게이츠에겐 공상뿐 아니라, 충분한 인적, 지적 자산이 있었고 그 아이디어를 실현시킬 수 있는 어렵고도 장기적인 계획이 있었다.

4단계 **과감히 시작하라**

하지만 손놓고 가만히 앉아 꿈같은 일이 일어나기를 기다리기만 한다면, 영원히 기다리는 자밖에는 되지 않는다. 공상의 현실화를 향해 첫 발을 내딛지 않는 한, 공상은 말 그대로 공(空)상이 된다.

물론 첫 발을 내딛는 것이 가장 힘든 일이다. 기막힌 아이디어를 갖고 있고, 금방이라도 성공할 수 있는 근사한 계획을 갖고 있다면, 그것을 세상에 내놓고 자랑하라. 자신의 아이디어를 만인이 확인할 수 있게 만들어라.

첫 발을 내딛는 게 어려운 이유는 , 대부분 계획을 실행하기 위해 해야할 일들을 하나도 놓치지 않으려하기 때문이다. 조금만 방법을 바꾸어 큰 계획을 몇 개의 작은 계획으로 나누어 생각하라. 그러면 부담스러운 작업이 훨씬 쉬워 보일 것이다. 너무나 커서 도저히 달성할 수 없을 것 같던 일도 몇 가지 단계로 나누어 생각하면 작고 간단해 보인다.

5단계 **제한 시간을 설정하라**

이제 계획을 세워 실행에 옮기기 시작했다. 하지만 단순히 되는 대로 일을 진행하지 말고, 마음 속에 제한 시간을 두는 것이 중요하다.

판매고 얼마를 달성할 수 있으리라고 상상한다면, 그 목적을 이룰 구체적인 날짜를 정해둔다. 제한 시간을 두는 이유는 자기 자신과 조직이 느슨해지고 나태해지는 것을 방지하기 위해서이다.

실제로 목표를 제 시간 안에 달성했다면, 좀더 빠듯하게 새로운 제한 시간을 설정, 의욕을 고취시킨다.

　반대로 제한 시간을 맞추지 못했다면, 계획을 일부 수정하는 것이 좋다. 목표를 향해 매진할 수 있도록 잠시 마음을 가다듬는다.

6단계 **인생은 짧다**

　"지금 내가 시각화하고 있는 것은 내가 인생에서 간절히 원하는 것이다"라는 말을 자신에게 자주 들려준다. 계획을 미루거나 게으름을 피우는 일은 금물이다. 꿈을 바로 '오늘' 현실화시키겠다는 결심을 절대로 잊지 마라.

　"나중에…"라는 말로 자꾸만 실행을 미루다보면, 이미 때는 너무 늦었고 꿈은 점점 희미해질 뿐이다.

● 해외 만화 ●

사랑의 무지막지한 힘.
사랑하다 내가 죽을 이여!

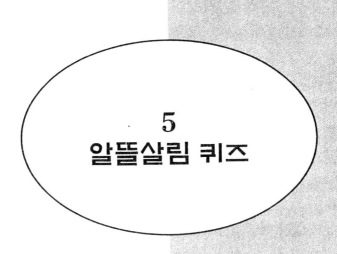

5
알뜰살림 퀴즈

문제 1.

음식을 만들고 남은 자투리 무를 활용하는 방법은?

문제 2.

냉동만두를 효과적으로 찌는 방법은?

문제 3.

찌든때를 쉽게 빼는 방법은?

문제 4.

고등어의 신선도를 유지하는 방법은?

문제 5.

영양분이 많은 수제비를 만드는 방법은?

문제 6.

스티커를 쉽게 떼는 방법은?

문제 7.

수도계량기가 얼었을 때는 어떻게 해야 하나?

문제 8.

흰옷을 효과적으로 삶는 방법은?

문제 9.

겨울철에 세차하는 방법은?

문제 **10.**

손에 밴 마늘냄새를 없애는 방법은?

문제 **11.**

음식물 쓰레기의 물기를 효과적으로 빼는 방법은?

문제 **12.**

오래 두었던 찬밥을 데우는 방법은?

문제 **13.**

커피 원두를 녹인 물로 세수하면 어떤 효과가 있을까?

문제 **14.**

음식에 몇 번째 쌀뜨물을 사용하는 것이 좋을까?

문제 **15.**

튀김기름을 재활용하는 방법은?

문제 **16.**

달걀껍질을 활용하는 방법은?

문제 **17.**

김빠진 맥주, 어디에 쓸까요?

문제 **18.**

생선 비린내를 없애는 방법은?

문제 **19.**

케첩이 잘 나오지 않을 때는 어떻게 해야 할까요?

문제 **20.**

튀김을 할 때, 효과적으로 튀기는 방법은?

문제 **21.**

겨울철에 입술이 트지 않게 하는 방법은?

문제 **22.**

끓는 맥주에 삼겹살을 삶으면 어떻게 될까요?

-정 답-

1. 음식 하다 남은 자투리 무는 비스듬하게 썰어 생선 비늘을 벗길때 사용하면 칼 못지않게 빨리 벗길 수 있다.

2. 냉동만두를 찔 때 찜통의 물을 한 번 끓인 후 만두를 넣으면 들러붙는 것을 막을 수 있다.

3. 찌든 때를 빼기 위해선 요리에 쓰고 남은 레몬 조각을 넣어 빨래와 함께 불린 후 세탁하면 효과가 있다.

4. 고등어는 식초에 살짝 절인 후 조리하면 신선도를 유지할 수 있고 느끼한 느낌도 사라진다.

5. 국수나 수제비를 만들 때 밀가루 반죽에 멸치가루나 콩가루를 조금 섞으면 단백질과 칼슘이 풍부하게 된다.

6. 각종 제품에 붙어 잘 떨어지지 않는 스티커에는 식초를 묻힌 탈지면을 잠시 얹어두면 스티커가 흐물흐물해져 떼기 쉽다.

7. 수도계량기가 얼었을 땐 갑자기 뜨거운 물을 붓지 말고, 헤어드라이어나 미지근한 물로 녹여야 고장을 막을 수 있다.

8. 누렇게 바랜 흰옷을 삶을 땐 식초를 몇 방울 넣고 삶으면 더욱 하얗게 되고 식초의 살균 작용으로 청결해진다.

9. 겨울철 세차할 땐 마른 걸레나 진공청소기로 문틈, 창틀, 열쇠구멍을 닦아 물기를 없애고 히터를 10~20분 틀어 놓는다.

10. 양파나 마늘을 까고 나서 손가락 끝에 밴 냄새는 식초 몇 방울을 떨어뜨린 후 씻으면 없어진다.

11. 물기가 제대로 짜지지 않은 음식물 쓰레기는 바닥에 작은 구멍을 여러 개 뚫은 우유팩에 눌러 넣어 물을 뺀다.

12. 오래 두었던 찬밥을 데울 때 청주를 한 큰술 정도 뿌려주면 데운 밥에서 나는 특유의 냄새를 없앨 수 있다.

13. 커피 원두를 녹인 물에 세수를 하면 피부의 혈액순환에 도움이 되고 미백 효과도 기대할 수 있다.

14. 처음에 나오는 쌀뜨물은 화초에 주는 거름으로 쓰고, 음식에 넣거나 미용에 쓸 때는 두세 번째 나오는 쌀뜨물을 이용한다.

15. 튀김을 한 후 남은 기름은 마른거즈에 찌꺼기를 걸러낸 후 보관하다 다시 사용할 땐 새 기름을 30%정도 섞어 쓰면 된다.

16. 입구가 좁은 유리병에 식용유 등을 옮길 땐 달걀 껍질의 뾰족한 부분에 구멍을 낸 후 깔때기처럼 사용하면 된다.

17. 김 빠진 맥주는 버리지 말고 나무에 주면 남아 있는 영양분이 식물 성장에 도움을 준다.

18. 비린내가 나는 말린 생선은 쌀뜨물에 담가 두면 냄새도 없어지고 살이 연해져 맛도 한결 좋아진다.

19. 토마토 케첩이 병에서 잘 나오지 않을 땐 빨대를 병 밑바닥까지 넣었다 빼면 공기가 들어가 케첩이 흘러 나온다.

20. 튀김을 할 때 기름에 깨끗한 숯을 넣고 튀기면 열전도율이 빨라져서 재료의 속까지 골고루 바삭하게 익는다.

21. 겨울철에 쉽게 트고 갈라지는 입술엔 거품을 낸 달걀 흰자에 꿀을 작은 수저로 한 술 섞어 바르면 효과가 있다.

22. 냄비에 맥주를 넣고 끓어 오를 때 삼겹살을 넣고 삶으면 누린내와 기름기가 함께 빠져 담백한 맛을 느낄 수 있다.

★ 쉬 어 가 는 페 이 지 ②

별자리로 알아보는 '여성의 섹스타입'

동양에서 생년월일시를 보고 겉궁합·속궁합을 본다면 서양에서
는 별자리를 통해 보는 점성술이 있다. 타고난 별자리에 따라 여
성의 섹스 타입과 또 잘맞는 남성이 정해져 있다는데, 그것이 궁
금하다. 물론 100% 재미로 보는것이니 심각하게 받아들일 필요는
없다. 그래도 별을 봐야 별을 따는 법. 여성의 별자리를 따라 떠나
는 '별별탐구'.

조숙한 분위기파 기교없이 조용히

■ 물병자리(1월20일~2월18일·이하 양력기준)

조용하게 귀족적으로 섹스를 즐기는 분위기파. 로맨틱한 사랑을
꿈꾸며 고전적인 스타일로 배우자를 유도, 품위있는 방식으로 사
랑을 나눈다. 매우 조숙해 섹스에 대한 지식이 풍부하고 침대에서
기교없이 고상하게 사랑을 나눈다.

▲섹스 궁합=융통성이 많은 쌍둥이자리나 조화와 균형의 천재인 천칭
자리는 환상적인 속궁합을 자랑한다.

사랑은 예술처럼 행동하는 기교파

■ 물고기리(2월19일~3월20일)

육체의 욕망을 예술로 승화시키는 사랑의 마술사. 항상 신성과
욕정의 미묘한 감정이 교차하므로 순간적으로 예술적 행동을 표출
해 육체의 욕망을 승화시키는 기술을 유감없이 발휘한다.

▲섹스 궁합=생동감으로 침실의 분위기를 이끌 수 있는 게자리 남성과

가장 잘맞다. 잦은 손놀림으로 변화를 주는 전갈자리 남성과는 늘 새로운 패턴의 섹스를 시도, 신선함을 잃지 않는다.

즉흥적이고 격렬 아무곳이나 OK

■ 양자리(3월21일~4월20일)

돌발적이고 즉흥적인 정열의 소유자. 평상시에는 섹스에 무관심해 보이나 주기적으로 돌발적이고 격렬한 정력이 솟아나 고도의 흥분을 유발시킨다. 장소나 시간도 즉흥적이어서 사랑의 폭군이 되기도 한다.

▲섹스 궁합=워낙 개성과 고집이 강해 완만한 성격의 소유자인 사자자리나 성욕이 강하고 쾌락을 추구하는 양자리 남성과 잘 어울린다.

리드하는 적극파 스스로 쾌락연출

■ 황소자리(4월20일~5월20일)

섹스 연출력이 뛰어난 리더 타입. 스스로 쾌락을 즐길 줄 아는 강렬한 스타일이다. 온갖 기교를 동원해 스스로 쾌락의 연출가가 되어 지배하고 얻어내는 적극적인 섹스를 한다.

▲섹스 궁합=아내의 오르가슴을 이끌어낼 수 있는 염소자리를 만나는 것이 가장 좋다. 또한 정력가인 황소자리와는 단조로운 면만 극복하면 별문제가 없다.

조심스런 신중파 흥분하면 "못말려"

■ 쌍둥이자리(5월21일~6월21일)

신중을 기하는 정숙한 타입. 섹스에 신중히 임하고 조심스러운 태도를 보이나 순간적으로 어린아이처럼 애교를 떨어 분위기를 빠른 템포로 이끌어간다. 차분하게 정상을 향해 올라가며 한 번 올라

가게 되면 온갖 방법을 동원해 유희로부터 오는 쾌락을 즐기기도
한다.

▲섹스 궁합=단조로운 생활을 못참는 타입이라 섹스 파트너는 늘 신선
한 바람을 넣어줄 수 있는 타입의 남성이 제격. 물병자리나 천칭자리를
만나면 여성의 만족감이 증폭되어 즐겁게 섹스를 할 수 있다.

속전속결 도전파 정상 올라야 만족

■ 게자리(6월22일~7월22일)

대담하게 도전하는 속전속결 타입. 섹스를 시작하면 처음부터 끝
까지 쉬지 않고 반복, 정상에 올라가야 직성이 풀리는 타입이다. 그
러나 패팅이나 전희·후희도 없이 최단거리 선수마냥 힘껏 뛰다가
금방 지쳐버리는 경향이 있다.

▲섹스 궁합=게자리 여성은 결혼을하면 사랑이 자식에게로 옮겨가기
때문에 기교가 단순하고 서툴지만, 아내를 지극히 사랑하는 양자리를 만
나면 좋다. 전갈자리 남성도 그런대로 괜찮은 편.

사교능한 흥분파 때론 주도권 강탈

■ 사자자리(7월23일~8월22일)

기교와 흥분이 뛰어난 타입. 사교에 능통한 아름다운 몸짓으로
사랑의 연금술사가 되어 기교를 마음대로 발휘한다. 섹스 파트너
가 단조롭고 템포가 느리면 주도권을 빼앗아 클라이맥스를 향해
질주하는 타입이다.

▲섹스 궁합=싱싱한 활력과 매력을 더해줄 수 있는 사람을 만나야 한
다. 매사에 적극적인 양자리나 사수자리 남성을 만나면 좀더 개방적인 섹
스를 즐길 수 있다.

지조있는 순결파 늘 청순하고 싱싱

■ 처녀자리(8월23~9월22일)

처녀성을 굳건히 지키는 지조있는 타입. 항상 새롭고 낯선 만남처럼 부끄러움을 갖고 있어 침대에서도 결코 알몸을 노출하는 일이 없으며 남편을 똑바로 쳐다보지 못하는 만년 처녀의 섹스를 유지한다.

▲섹스 궁합=돈이나 육체보다는 순결을 중시하는 처녀자리 여성은 여성을 자연스럽게 리드해 가는 황소자리나 부드러운 섹스를 하는 염소자리 남성이 적격.

늘 균형잡힌 사랑 가끔은 로맨틱파

■ 천칭자리(9월23일~10월21일)

격렬한 사랑을 추구하는 명기의 소유자. 아무리 열렬한 사랑에 도취돼도 깊이 빠지지 않으며 욕정에 굶주려도 초조해하지 않는 균형잡힌 사랑을 한다. 육체적인 불장난을 할지라도 위험수위를 넘지는 않으며 만족도가 매우 높은 섹스를 즐긴다.

▲섹스 궁합=섹스를 본을을 해소하기 위한 수단으로 생각하지 않고 예술적으로 즐기려는 물병자리와 안성맞춤. 또한 쌍둥이자리와는 로맨틱한 섹스를 즐긴다. 그러나 양자리 남성과는 매번 트러블.

지속적인 정력파 은밀한 곳도 즐겨

■ 전갈자리(10월22일~11월21일)

쾌락을 비밀리에 창조하는 예술가 타입. 정력이 끊이지 않는 생명력 같은 샘줄기를 갖고 있어 쾌락을 장시간 지속할 수 있으며, 작은 방이나 차단된 장소라야 마음의 문을 열고 섹스를 즐길 수 있다. 그러나 은밀한 분위기라면 설령 차 안일지라도 마다할 이유가 없을 만큼 적극적이기도 하다.

▲섹스 궁합=개성을 존중하고 이해심이 많으며 적극적인 섹스를 하는 물고기자리와 궁합이 좋다.

개방적인 대담파 속박당하면 "싫어"

■ 사수자리(11월22일~12월21일)

개방적인 유희를 즐기는 섹스의 여신. 지성과 관능을 동시에 소유하여 자유롭고, 신속하고, 개방적인 섹스를 연출해낸다. 알몸이 될지라도 분위기만 좋으면 쑥스러워하지 않으며 대낮에도 흥분을 감추려 하지 않는 대범한 섹스 파트너다.

▲섹스 궁합=속박당하는 것을 싫어하기 때문에 자유롭게 섹스를 즐길 수 있는 남자와 궁합이 찰 맞는다. 사자자리의 남성은 각종 기교로 여성에게 쾌감을 주기 때문에 찰떡궁합.

슬로…슬로… 얌전한 시골처녀

■ 염소자리(12월22일~1월19일)

분위기에 좌우되는 차분한 타입. 염소자리의 섹스 심리는 만나자마자 바로 핑크색 침실을 생각하지 않는다. 냉각된 육체를 녹이면서 서서히 쾌락의 분위기를 만들고 연결지어야만 꽃을 피우게 된다. 차분히 도전해가며 불을 지피는 얌전한 시골처녀처럼 곱고 수줍게 시작한다.

▲섹스 궁합=상대 여성의 기분을 이해할 줄 아는 처녀자리 남성과 잘 어울린다. 나이가 들어도 젊음을 과시하는 황소자리, 인내력을 갖고 여성의 쾌락을 도와주는 염소자리와는 무난한 섹스를 즐긴다.

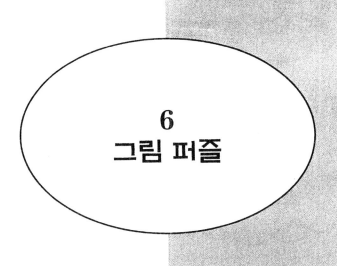

6
그림 퍼즐

문제 1 같은 그림 찾기 ①

♣ 6개의 그림 중에서 똑같은 그림 한 쌍을 찾아봅시다.

문제 2 같은 그림 찾기 ②

♣ 아래의 그림퍼즐 속에는 똑같은 모양의 그림이 한 쌍 숨어 있습니다. 몇 번과 몇 번이 같은 그림일까요?

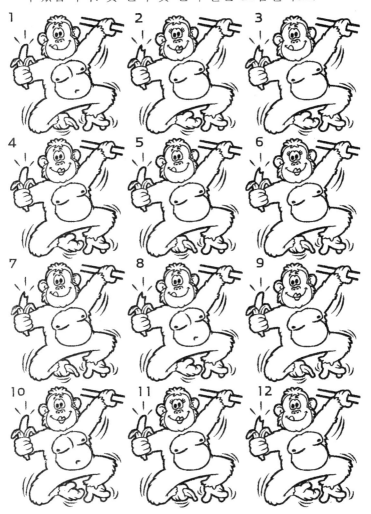

문제 3 같은 그림 찾기 ③

♣ 아래의 12개의 그림들 중에 모양이 똑같은 그림이 한 쌍 숨어 있습니다. 몇 번과 몇 번이 같은 그림일까요?

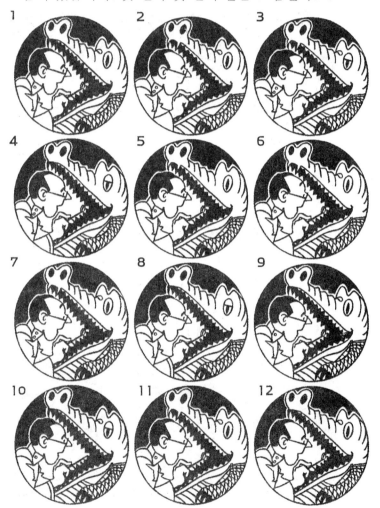

문제 4 같은 그림 찾기 ④

♣ 아래 그림들 중에 똑같은 모양의 그림이 한 쌍 숨어 있습니다. 몇 번과 몇 번일까요?

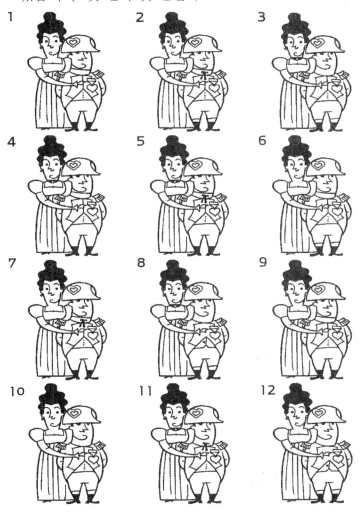

문제 5 같은 그림 찾기 ⑤

♠ 다음 12개의 그림 중에서 서로 모양이 같은 두 개의 그림을 찾아 보세요.

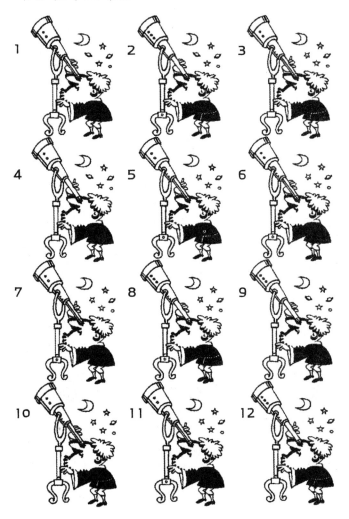

문제 6 같은 그림 찾기 ⑥

♠ 아래의 그림들 중에 똑같은 모양의 그림이 한 쌍 숨어 있습니다. 몇 번과 몇 번일까요?

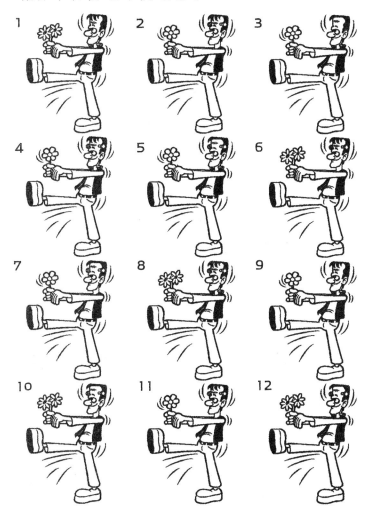

98

문제 7 같은 그림 찾기 ⑦

♠ 아래 그림들 중에 똑같은 그림이 한 쌍 숨어 있습니다.
어떤 그림인지 알아맞혀 봅시다.

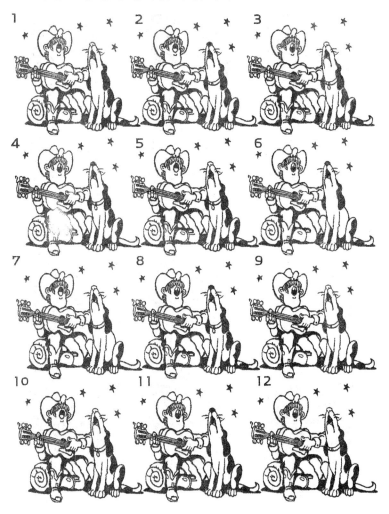

문제 *8* 같은 그림 찾기 ⑧

♠ 아래의 그림들 중에서 모양이 똑같은 그림 한 쌍을 찾아봅시다..

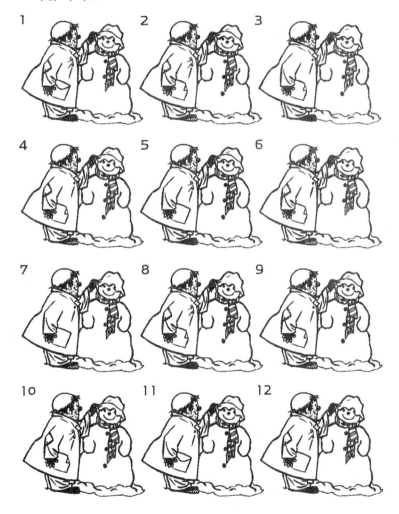

문제 *9* 창고지기 퍼즐 ①

♠ 아래 퍼즐판을 16개의 블록으로 나눈 뒤 각각의 블록 속에
  서로 다른 모양의 그림들이 한 번씩만 들어가게 구성해 봅시다.

문제 10 창고지기 퍼즐 ②

♠ 아래 퍼즐판을 16개의 블록으로 나눈 뒤 각각의 블록 속에
서로 다른 모양의 그림들이 한 번씩만 들어가게 구성해 봅시다.

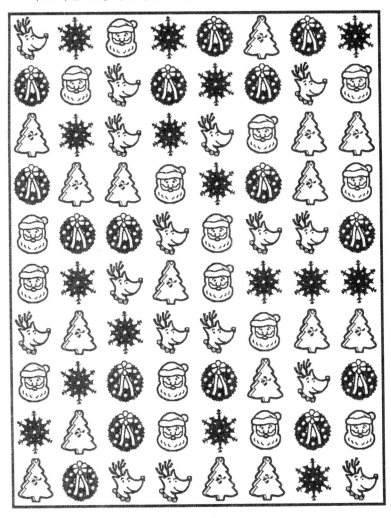

문제11 창고지기 퍼즐 ③

♠ 아래 퍼즐을 16개의 블록으로 나눈 뒤 각각의 방에 각기
다른 모양의 그림들이 하나씩 들어가도록 구성해 봅시다.

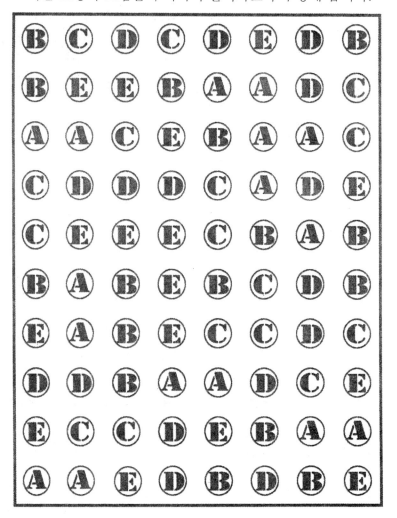

문제12 창고지기 퍼즐 ④

♠ 아래 퍼즐판을 16개의 블록으로 나눈 뒤 각각의 블록 속에
서로 다른 알파벳이 한 번씩만 들어가게 구성해 봅시다.

3	4	5	1	4	5	1	5
5	2	1	3	5	2	2	4
1	4	3	1	2	3	2	3
3	2	5	4	3	1	4	5
5	1	2	4	2	5	3	1
1	4	3	5	1	4	4	5
2	3	1	2	4	5	2	3
3	4	2	5	1	4	3	5
4	5	1	2	4	1	2	1
1	2	3	3	5	3	2	4

문제13 진짜 사진 찾기 ①

★ 아래의 그림들 중에서 필름의 주인공은 누구일까요?

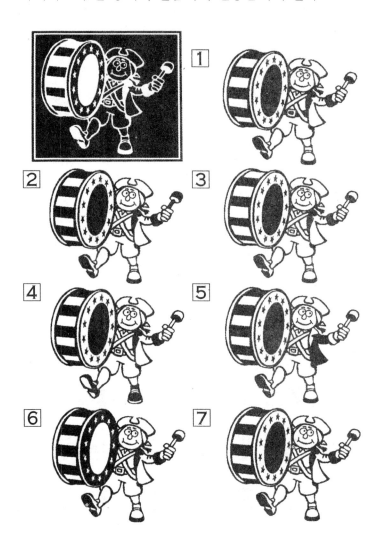

문제 *14* 진짜 사진 찾기 ②

★ 왼쪽 아래의 필름을 인화하면 어떤 사진이 될까요?
  7개의 그림 가운데 정답이 있습니다.

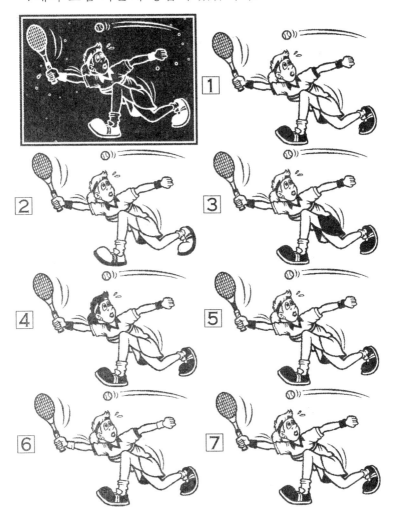

문제 *15* 진짜 사진 찾기 ③

★ 아래의 필름을 인화하면 어떤 사진이 될까요?
7개의 그림 가운데 정답이 있습니다.

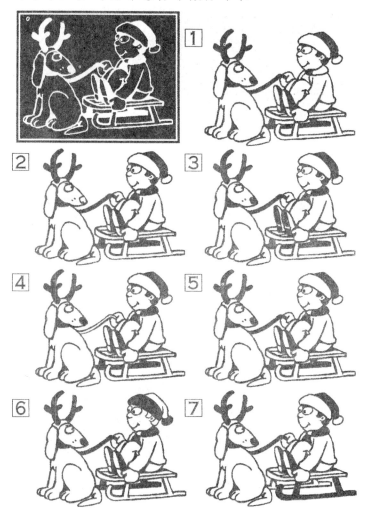

문제16 진짜 사진 찾기 ④

★ 아래의 그림들 중에서 필름의 주인공은 누구일까요?

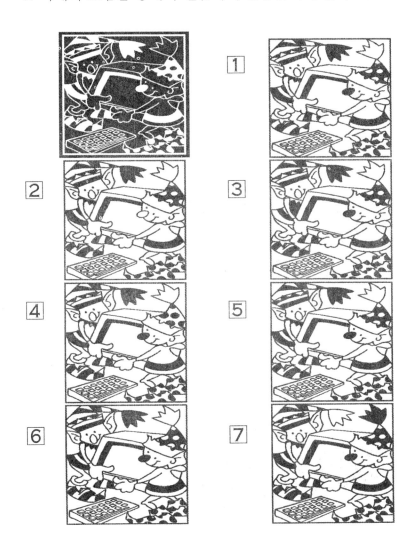

문제*17* 서로 다른 곳 찾기 ①

♣ 위 아래 그림에서 서로 다른 곳 10군데를 찾아봅시다.

문제 18 서로 다른 곳 찾기 ②

♣ 두 그림에는 서로 다른 부분이 10곳 숨어 있습니다.
　주의깊게 찾아봅시다.

문제*19* 서로 다른 곳 찾기 ③

♣ 위 아래 그림에서 서로 다른 곳 10군데를 찾아봅시다.

문제20 서로 다른 곳 찾기 ④

♣ 위 아래 그림에서 서로 다른 곳 10군데를 찾아봅시다.

문제21 그림조각 맞추기 ①

★ 아래 7개의 블록은 퍼즐 속의 한 조각을 회전시켜 놓은 것입니다. 이 중에서 위의 원본과 다른 것은 어느 것일까요?

문제22 그림조각 맞추기 ②

★ 아래 그림조각은 원본 그림의 일부분을 회전시켜 놓은 것입니 다.
7개의 그림조각 가운데 원본과 모양이 다른 그림을 찾아봅시다.

문제23 그림조각 맞추기 ③

★아래 번호가 적힌 그림조각은 퍼즐 속의 한 조각을 회전시켜
놓은 것입니다. 이 중 모양이 틀린 한 조각을 찾아 봅시다.

문제24 그림조각 맞추기 ④

★ 아래 7개의 블록은 퍼즐 속의 한 조각을 회전시켜 놓은
것입니다. 위의 원본과 다른 것은 어느 것일까?

116

문제25 같은 블록 찾기 ①

★ 아래 그림블록 가운데 내용물이 똑같은 블록이 한 쌍 있습니다. 몇 번과 몇 번일까요?

문제*26* 같은 블록 찾기 ②

♠ 아래 그림블록 가운데 내용물이 똑같은 블록이 한 쌍 있
 습니다. 몇 번과 몇 번일까요?

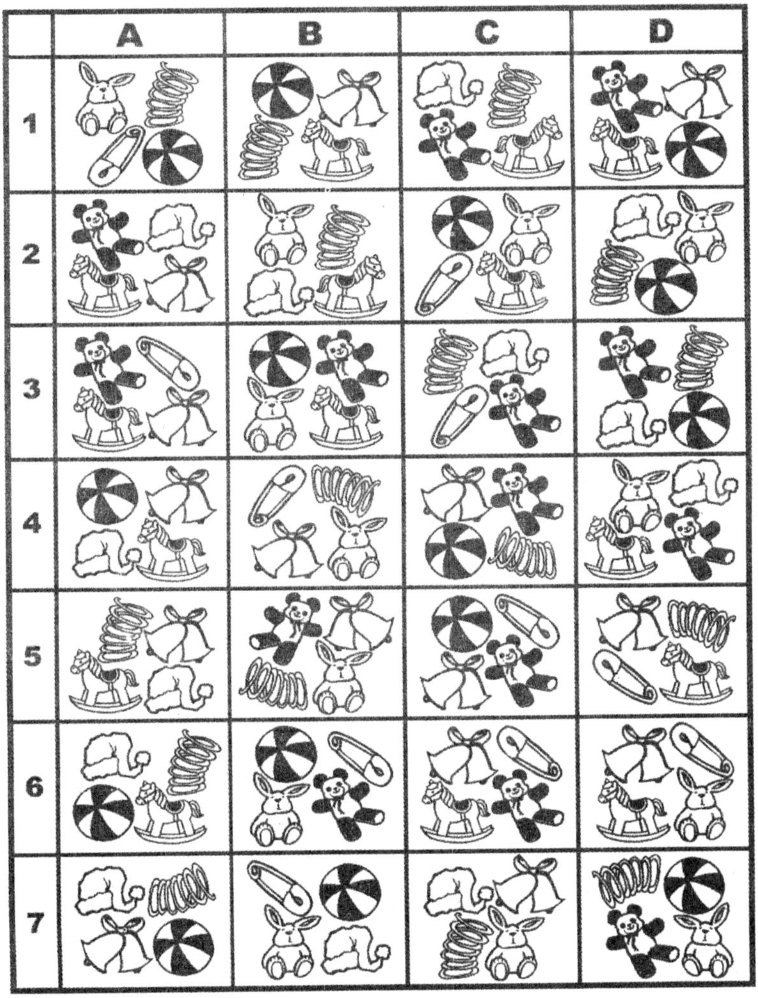

문제27 같은 블록 찾기 ③

♠ 아래 20개의 그림블록 가운데 내용물이 똑같은 그림 한 쌍을 찾아봅시다.

정 답

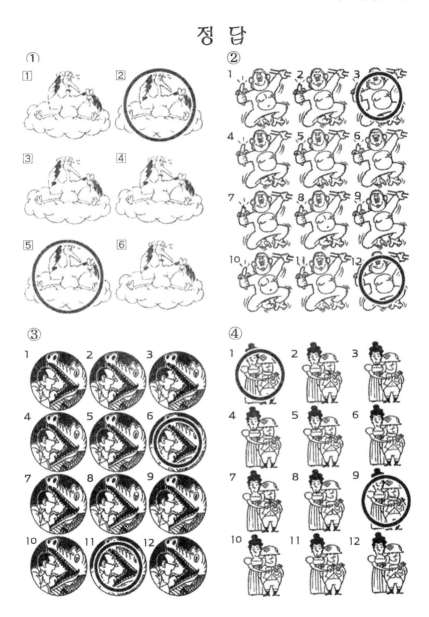

⑤

⑥

⑦

⑧

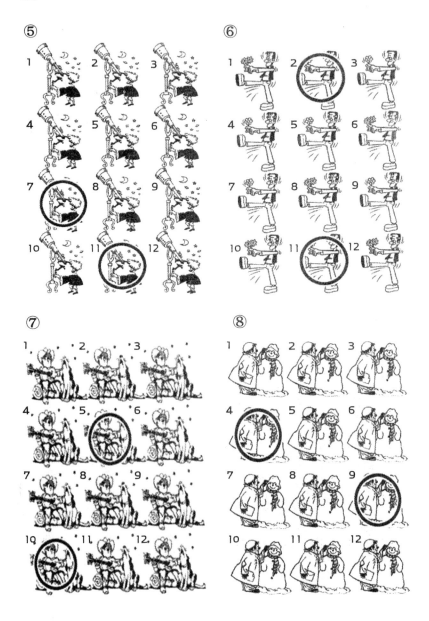

⑨

⑩

⑪

⑫

3	4	5	1	4	5	1	5
5	2	1	3	5	2	2	4
1	4	3	1	2	3	2	3
3	2	5	4	3	1	4	5
5	1	2	4	2	5	3	1
1	4	3	5	1	4	4	5
2	3	1	2	4	5	2	3
3	4	2	5	1	4	3	5
4	5	1	2	4	1	2	1
1	2	3	3	5	3	2	4

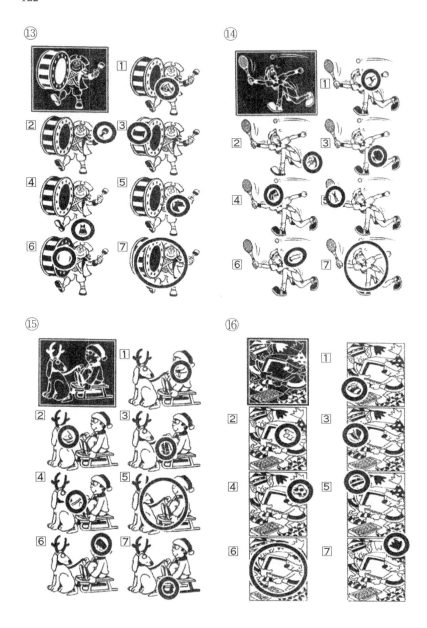

⑰

⑱

⑲

⑳

㉑　6

㉒　4

㉓　4

㉔　7

㉕　3-D, 6-B

㉖　3-A, 6-C

㉗　3-B, 6-C

★ 쉬어 가는 페이지 ③

원포인트 레슨 사랑

★잠자리 나이 테스트★

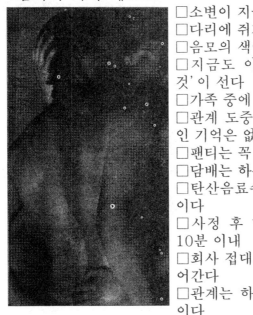

□소변이 지금도 힘차게 나온다
□다리에 쥐가 나 본 적이 없다
□음모의 색이 옛날과 다름없다
□지금도 아침에 어김없이 '그것'이 선다
□가족 중에 당뇨병 환자는 없다
□관계 도중 안에서 '남성'이 꺾인 기억은 없다
□팬티는 꼭 트렁크를 고집한다
□담배는 하루 한 갑 이하로 편다
□탄산음료수는 마시지 않는 편이다
□사정 후 다시 발기할 때까지 10분 이내
□회사 접대가 줄어 집에 일찍 들어간다
□관계는 하룻밤에 두 번이 기본이다
□염분 섭취를 의식적으로 피한다
□인스턴트 식품을 거의 사먹지 않는다
□적어도 일주일에 두 번은 운동을 한다
□최근 한 달 이내에 관계를 가졌다
□우유를 매일 마신다
□근무중에 자위행위를 하고 싶어진다
□초밥집에서 등푸른 생선을 꼭 먹는다

☐자위 행위보다 실제로 섹스하는 것이 좋다
☐아내 몰래 에로 비디오를 갖고 있다
☐상대가 생리중이라도 관계를 가질 수 있다
☐성인잡지를 사면 대형 누드사진을 먼저 본다
☐파랑과 빨강 중 고르라면 빨강이 더 좋다
☐한 번 관계를 가지면서 적어도 세 번은 체위를 바꾼다
☐사람들을 웃기는 야한 농담거리가 있다
☐비아그라를 시험해 봤다
☐전희 '노하우'를 몇 개 가지고 있다
☐잡지의 성인면은 꼭 체크한다
☐에로 비디오는 격렬한 정사장면보다 여배우의 미모가 먼저
다

　남자가 첫 번째로 나이를 느낄 때는 '아침'이라고 합니다. 바로 아침에 섰는가 안섰는가로 정력의 강약을 알아채는 거죠. 이는 단순히 남성호르몬인 테스토스테론의 혈중 농도가 저하됐기 때문인데요. 이는 고환의 기능저하와 발기력 저하로 이어질 소지가 있습니다.

　금, '아~난 어쩌란 말인가' 하고 고민하시는 분, 주목! 이제　　섭취에 신경을 써보세요. 칼슘이 감소하면 수면과 발기를 관　하는 부교감신경이 쇠해지거든요. 우유를 마시는 것이 가장 손쉬운 섭취방법인데요, 마시는 법에 따라 효과는 천차만별. 바나나랑 같이 드셔보세요. 어른이 되면 우유를 분해하는 효소가 별로 없기 때문에 바나나를 같이 먹으면 흡수가 빠릅니다. 그리고 자기 전에 마시세요. 그리고 우유를 단번에 마셔도 흡수는 거의 안된다고 합니다.

-결 과-

■25개 이상 20대

당신은 잠자리에 문제가 있을 리 없습니다. 우선 정력면에선 1백점 짜리 우량아. 앞으로도 게을리 하지말고 현 상태를 유지하세요.

■16~24개 30대

30대~40대가 이 결과가 나왔다면 염려할 필요 없습니다. 그러나 만약 20대가 여기에 해당된다면 조심해야 됩니다. 정신차리고 이제부터라도 생활습관을 하나씩 고치세요.

■6~15개 40대

앞으로도 충실한 성생활을 하고 싶다면 정신 바짝 차려야 합니다. 위의 테스트에서 체크되는 숫자를 늘리는 노력을 기울여야 합니다.

■5개 이하 50대

당신의 정력은 고갈직전입니다. 여자와의 관계에 인색해지면 그것이 곧 늙어간다는 증거. 정력이 쇠하면 자연히 잠자리를 두려워하게 되겠죠. 시간을 내서 전문의를 찾아가 보세요.

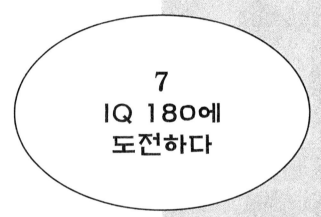

7
IQ 180에
도전하다

128

문제 1. 다시 한 번 물었습니다.

(제한시간 15분)

전해지는 애기에 의하면 남태평양에서 백인은 햇볕에 타면 원주민이나 다름없는 색깔로 되는 모양입니다. 백인을 원주민들과 구별하는 유일한 방법은 그들이 지껄이는 것을 듣고나서라는 것입니다. 원주민들은 서로에게 거짓말을 하며 원주민 이외의 사람들은 언제나 정말만 합니다.

한 사람의 관광객이 어느 섬의 해변에서 카누로 접근했는데 마찬가지로 검은색을 한 3인의 남자가 서 있었습니다. 그래서 이 손님은 물었습니다. "당신들은 피부가 탄 백인입니까, 아니면 섬의 원주민입니까?"

여기에 대답한 첫 번째 남자가 뭐라고 외쳤습니다만 파도 소리에 묻혀져 들리지 않았습니다. 그래서 카누를 탄 사나이는 다시 한 번 물었습니다. "당신들은 섬의 원주민입니까, 아니면 햇볕에 탄 백인입니까?"

이번에는 바닷가에 있는 두 번째 남자가 대답했습니다. "처음에 대답한 사람은 자기가 백인이라고 했습니다. 진짜로 그는 백인입니다. 그리고 그렇게 말하는 나도 백인입니다"

그런데 세 번째 남자는 "처음에 대답한 두사람은 원주민입니다. 나는 볕에 탄 백인입니다"라고 했습니다.

그들이 말한 것으로 판단해서 한 사람 한 사람의 정체를 알아내주세요.

문제 **2.** 남자는 묵묵히 생각한다.

(제한시간 15분)

두뇌가 명석한 3인의 인물이 일에 응모해 왔습니다. 일에 충실한 적성면에서는 3인이 모두 동등하기 때문에 고용주는 그들에게 간단한 문제를 내서 처음에 그것을 푼 사람에게 일을 주기로 했습니다.

3인 모두 이마에 표시를 찍었습니다.

표시는 하얗든가 검은 것인데 자기 자신에게는 보이지 않습니다. 3인은 각기 다른 두 사람의 어느 쪽인가가 검은 표시를 찍었으면 손을 들라고 합니다. 그리고 자기 이마의 표시가 무슨 색인지를 처음으로 발견하고 어떻게 알아냈는지를 설명하면 일을 얻을 수 있습니다. 거기에서 3인이 손을 들었으며 수 초 후에 한 사람이 답을 발견하고 왔습니다. 그의 이마의 표시는 무슨 색이며 그리고 그는 그것을 어떻게 해서 발견했을까요.

문제 **3.** 남자는 다시금 조용히 생각한다.

(제한시간 15분)

　앞의 문제(문제2)가 어렵다고 생각했다면 같은 문제로 4명인 경우를 생각해 봐 주세요. 4명은 자기들이 특히 우수하는 것을 고했습니다. 게다가 그들은 4명 모두 앞의 3명으로의 퍼즐을 알고 있습니다. 이번의 문제는 2개입니다— 검은 표시가 2개가 보이면 일어설 것과 그리고 자기의 이마의 표시의 색을 알았으면 손을 들 것.

　4명이 전원 일어섰습니다. 그리고 잠시 후 그 중 1명이 손을 들어 자기에게 찍혀있는 표시의 색을 정확이 맞췄습니다. 그의 표시는 무슨 색이었을까요. 그리고 그는 그것을 어떻게 해서 발견했을까요?

문제 4. 러브 스토리

(제한시간 20분)

　배가 난파하여 남녀 각각 4명이 무인도에 표착했습니다. 그 결과 극히 자연스럽게 모두가 각각 누군가를 사랑하게 되고 동시에 다른 누군가로부터 사랑받게 되는 상태가 되었습니다.

　죤이 사랑한 애는 불행이도 짐과 서로 사랑하고 있습니다.

　아서가 사랑하고 있는 애도 엘렌을 생각하고 있는 남자를 사랑하고 있습니다.

　메리는 부르스가 사랑하고 있는 아이가 사랑하고 있는 남자에게 사랑받고 있습니다.

　그로리아는 부르스를 싫어하고 베젤이 사랑하고 있는 남자로부터는 미움을 받고 있습니다.

　그럼 아서를 사랑하고 있는 사람은 누구일까요?

문제 **5.** 동물원에서의 대화

(제한시간 5분)

  남자―"이 동물원에는 새가 몇 마리, 짐승이 몇 마리나 있습니까?"

  사육사―"머리가 30개에 다리가 100개 있습니다"

  남자―"그것으로는 모르겠군요"

  사육사―"아니 알 수 있지요"

  그런데 당신은 알겠습니까?

문제 **6.** 야구팀의 멤버

(제한시간 25분)

앤디는 포수가 싫습니다. 에드의 여동생은 2루수와 약혼했습니다. 센터인 선수는 라이트의 선수보다도 장신입니다. 해리와 3루수는 같은 건물에 살고 있습니다. 폴과 알렌은 트럼프로 피나쿨을 해서 투수로부터 20달러씩 땄습니다. 에드는 휴가 때 흔히 외야수들과 포카를 합니다. 투수의 부인은 3루수의 누나입니다. 알렌과 해리와 앤디를 뺀 내야수와 투수와 포수는 샘보다 키가 작습니다. 폴과 앤디와 쇼트의 선수는 레이스장에서 50달러씩 손해를 봤습니다. 폴과 해리와 빌과 포수는 풀에서 2루수를 때려서 혼내주었습니다. 샘은 이혼재판에 말려들었습니다. 포수와 3루수에게는 아이가 2명씩 있습니다. 에드와 폴과 제리와 라이트의 선수와 세터의 선수는 독신입니다. 다른 사람은 결혼 했습니다. 빌과 3루수와 쇼트의 선수는 복싱으로 100달러씩 벌었습니다. 외야수의 한 사람은 마이크나 앤디입니다. 제리는 빌보다 키가 크고 마이크는 빌보다 키가 작습니다. 4명 모두 3루수보다 체중이 무겁습니다.

이 같은 사항으로 야구팀의 각 포지션을 지키고 있는 사람들의 이름을 맞추어 주세요.

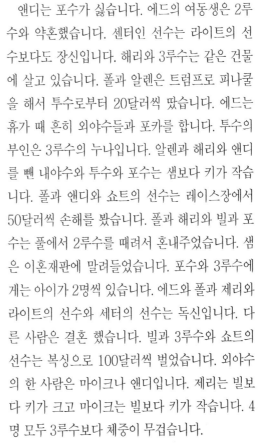

문제 **7.** 격돌

(제한시간 10분)

그대의 자동차가 시속 60km로 접근하고 있습니다. 차가 아직 2km 떨어져 있을 때, 초 스피드로 나는 파리가 한쪽차의 프론트범퍼로부터 날아올라서 다른 한쪽의 차를 향하여 시속 120km로 날아 갔습니다.

파리는 그 차에 도착하자마자 지금 온 길을 되돌아가서 그대의 차가 충돌하기까지 (좀더 부드럽게 말하면 간신히 부딪칠 것처럼 되기까지)차 사이를 계속 날아다녔습니다. 파리는 어느 정도의 거리를 날았을까요.

문제 **8.** 어느쪽 남자에게 뭐라고 물어야?

(제한시간 10분)

어느 여행인이 길의 분기점에 다달았는데 어느 길로 가야 목적지에 도달 할 수 있을까 하고 생각하며 곤란해 합니다.

분기점에는 남자가 2명 서 있는데 한 사람은 반드시 거짓말쟁이 다른 한 사람은 반드시 진실을 말합니다. 여행인은 어느쪽이 정말을 하고 있는지 모릅니다.

그는 한 번만 질문 할 수 있습니다. 대체 어느쪽 남자에게 뭐라고 물어야 좋을까요.

문제 9. 암중모색

당신의 서랍 속에는 그레이(회색) 양말이 10켤레, 감색 양말이 20켤레 들어 있습니다. 만약 캄캄한 어둠 속에서 서랍을 열었다면 확실하게 같은 색의 양말을 신기 위해서 최저 몇 켤레의 양말을 꺼내보면 좋을까요.

정 답

①

첫번째 사람은 백인이든 아니든 자기는 백인이라고 합니다(백인이면 그것은 정말이고 섬의 원주민이라면 거짓말을 하는 것이니까 결과는 마찬가지 입니다). 두 번째 남자는 처음의 사람이 말한 것을 옳다고 전하고 있으니까 그가 말하는 다른 일도 진짜입니다. 처음과 두 번째 남자는 백인입니다. 세 번째 남자는 거짓말을 하고 있으니까 원주민입니다.

② 검은색

• 모든 가능성을 추구하자

이 퍼즐도 얼핏 보면 불가능한 것으로 보입니다. 그렇다 해도 응모한 3인에게 있어서 분명한 것은 검은 표시가 적어도 하나는 보인다는 것인데 이것만으로는 도저히 문제가 풀리지 않습니다. 이 외에도 정보가 필요합니다. 머리의 엔진을 풀회전시켜 생각합시다. 이윽고 우리들은 다른 응모자가 뭣을 생각하는지 알고 있다는 것을 깨닫습니다. 어쩌면 이것이 문제해결에 연결될지도 모릅니다— 우선 응모자 전원이 손을 올린 것으로부터 2가지 가능성을 생각할 수 있습니다. 검은 표시가 2개에 흰 표시가 하나이거나 혹은 검은 표시가 3개입니다. 거기에서 만약 흰 표시가 한 개 있으면 2명이 검은 표시 하나와 흰 표시 하나를 보고 다음 순간에 3개째의 표시가 검은 것이라는 것을 알 것입니다. 그런데 실제로는 그렇지가 않고 3명 모두 검은 표시를 2개 봤습니다. 따라서 이마의 표시는 정답이었던 사람의 것도 포함하여 전부 검은 것이었던 것입니다.

③ 역시 검은색입니다.

이 퍼즐을 제공한 Ⅰ·J·굿맨은 해답을 다음과 같이 설명했습니다.

4명 모두 자기 이마의 표시가 희다면 다른 3명의 입장은 3명일 때의 퍼즐 때와 마찬가지로 된다는 것을 알고 있습니다. 게다가 다른 3명이 특히 우수해서 절대로 이 퍼즐을 풀 것이 틀림없다는 것도 알고 있습니다. 그런데 한동안이 지나도 아무도 손을 들지 않습니다. 거기에서 그는 자기의 이마의 표시가 검다는 것을 압니다.

덧붙여서 굿맨 씨는 버지니아공예대학의 통계학 교수로 있지만 그는 겸해서 이렇게도 말하고 있습니다— 이 퍼즐은 5명이면 되지 않습니다. 전원에게 그들이 특히 우수하다고 말했다고 해도 다른 4명이 4명이서 하는 퍼즐을 푼다는 보증은 어디에도 없기 때문입니다.

④ 아서를 사랑하고 있는 것은 그로리아입니다.

⑤

새가 10마리 짐승이 20마리입니다.

수식으로 표시하면 다음과 같이 됩니다. A는 짐승, B는 새를 나타냅니다.

$$A+B=30$$
$$4A+2B=100$$

⑥

해리가 투수, 알렌이 포수, 폴이 1루수, 제리가 2루수, 앤디가 3

루수, 에드가 쇼트, 샘이 레프트, 마이크가 라이트, 그리고 빌이 센터입니다.

⑦ **파리는 2km 날았습니다.**

• 보다 심플하게 생각하는 것이 열쇠

이것은 단순한 계산문제이지만 단순한 아마추어 수학자에게 있어서는 충분히 지나치게 복작한 문제입니다. 이런 경우, 주의깊게 보면 간단한 해결법이 있다는 것을 알아 주십시요. 이 경우 열쇠는 「2대의 차가 달리는 시간을 종합하면 1분이 된다」는 것에 있습니다. 파리는 1시간에 120km 날아, 즉 원래 온 길을 되돌아 갑니다.

계산해도 안해도 1분간에는 2km 나는 것입니다.

⑧ **어느 쪽이나 상관 없다.**

어느쪽 남자라도 상관 없습니다. 그는 한쪽의 길을 손가락으로 가리키며 이렇게 묻습니다. "만약 당신에게 '내가 가야 할 길은 이 길입니까' 라고 묻는다면 당신은 '예' 라고 대답 할 겁니까?"

그가 물은 남자가 정말을 말하는 사람이라면 바른 답을 얻을 수 있습니다. 만약 그 남자가 거짓말쟁이래도 같습니다. 거짓말쟁이 남자는 거짓말을 2번 하지 않으면 안되고 처음의 거짓말을 부정하는 것으로 정말을 하게 되고 마는 것입니다.

• 절묘한 앵글을 캐치하자

단 한 가지 질문으로는 얼핏 보기에 "물은 상대가 거짓말쟁이인지 정직한 자인지" "선택한 길이 올바른지" 알 방법이 없을 것처럼 생각됩니다. 남자가 거짓말쟁이인지 어떤지를 아는 것으로 유일한 질문을 하고 말아서 두 번째의 내용에까지 들어 갈 수가 없는 것은? 분명히 그렇게 보이지만 질문하는 상대가 어느쪽이라도 상관 없을 그런 질문법이 없는 것일까- 거기에서 알아차리면 이중부정 (경우에 따라서는 이중긍정)의 생각법에서 질문법이 알아집니다.

"만약 내가 당신에게 내가 가야 할 길은 이쪽이냐고 묻는다면 당신은 '예'라고 대답 하겠습니까?" 어느쪽 남자에게 물어도 상관없다는 것을 알겠지요.

⑨ 1켤레 반- 즉 3짝

한 켤레 반- 즉 3짝을 꺼내면 됩니다.

• 문제의 어디에 착안하느냐

설명할 것도 없겠지만 발은 오른쪽 왼쪽 2개밖에 없습니다. 양말은 오른쪽도 왼쪽도 구별이 없으므로 몇 켤레씩 들어있는지에 관계없이 어쨌든 3짝을 꺼내면 같은색이 3짝이거나 그레이가 2짝에 감색이 1짝, 혹은 그반대의 조합밖에 나오지 않습니다. 무슨색의 양말이 있든지 그 색수보다 1짝만 여분을 가지면 반드시 어느 것인가 1가지는 갖출 수 있습니다.

미로 찾기

숨은 그림 찾기 —————

「변강쇠편」 중에서

변강쇠가 어렸을 적의 이야기이다.

녀석은 태어날 때부터 그것을 어른의 배나 크게 달고 나왔는지라 그 물건을 자라면서 뭇여성들의 호기심을 자아내게 만들었다. 어느 날 개울가에서 빨래하던 처녀들이 어린 강쇠를 보고 말했다.

"강쇠야, 한 번만 보여줘라. 응?"

"맛있는 이 호박엿을 줄테니…"

그러자 강쇠란 녀석 호박엿이라는 말에 귀가 솔깃해지는 지라...

[숨은그림] 송곳, 물고기, 담뱃대, 아이스바, 삼각자, 고추, 양초, 수화기, 칼

☞ 정답은 168 페이지에…

잡학 상식

전쟁은 길고 평화는 짧다

인류 역사 3,500년 동안 인간이 전쟁 없이 산 기간은 약 230년에 불과하다. 인류는 약 3,270을 전쟁 속에서 살아온 셈이다.

우표에 나라 표기

영국을 제외한 세계의 모든 국가는 우표에 나라 이름을 표기한다.

영국이 국명을 표기하지 않는 것은 자기들이 최초로 우표를 발행했으니, 굳이 그 소유권을 나타내는 국명을 표기할 필요가 없다는 생각에서라는 것이다.

남극의 얼음이 녹는다면

남극의 얼음은 두께가 4,823m나 되는데 이것이 완전히 녹아 본적은 결코 없다. 이 상태가 아마 2천만 년도 넘게 계속되었을 것이다. 만약 이것이 녹는다면 지구 전체가 자유의 여신상의 코 높이까지 물이 찰 것이다.

국 가 없 는 나 라

오스트레일리아에는 국가가 없다. 따라서 올림픽에서 금메달을 딴다고 해도 국가가 울리지 않는다.

화 산 폭 발 의 위 력

미국 워싱턴에 있는 세인트헬런스 산의 화산이 폭발했을 때, 그 폭발(1980년)의 위력은 가히 위력적이었는데, 이는 1945년의 히로시마 원폭보다 2,500배 더 컸다.

오 직 82명

모나코 왕국은 군인들이 82명으로 구성되었고 국립 오케스트라 단원은 85명이다.

유 식 무 죄 , 무 식 유 죄

중세 영국에서는 만약 범죄자가 글을 쓸 줄 알고 또 읽을 수 있다면 형벌이 감하여졌다.

그때 글을 읽을 수 있는지를 테스트하였는데 주로 시편 51편이 사용되었다.

얼 음 위 의 요 새

미국은 얼음으로 뒤덮인 남극에 3Km에 달하는 공군기지를 만들어 놓았다고 한다.

특이한 사형방식

제1차 세계대전 당시 프랑스군에서는 동성애로 적발된 군인을 사형으로 처벌했다. 만일 장교가 동성애 행위로 적발되었을 경우, 그 처벌로 살아남을 가능성이 없는 적진을 향하여 마지막 돌격을 해야만 했다.

잠깐

옛날 영국의 시간 단위로 보면 'moment'(잠깐)는 1시간 반에 해당했으며, 중세시대의 '잠깐'은 1분30초나 1분12초에 해당했다. 그러나 랍비식의 계산법에 의하면 '잠깐'은 55분30초이다.

혈우병은 여자 때문

혈우병의 증상은 남자들에게만 나타나지만, 남자들은 혈우병을 자손들에게 유전시키지 않는다. 그러나 혈우병에 걸리지 않는 여자들은 자손들에게 잠재적으로 혈우병을 유전시킬 수 있다.

사방이 펑펑한 영국

영국에서는 언덕이나 산다운 산은 찾아보기 어렵다.

가장 높은 산이라고 알려진 베네비스산도 겨우 1,343m밖에 되지 않는다.

레 미제라블

이 소설 속에는 823개의 단어, 93개의 콤마(,)와 51개의 세미콜

론(;) 그리고 3개의 대시(−)로 이루어진 하나의 문장이 거의 3페이지를 차지하고 있다.

잉카 제국의 멸망

한때 찬란한 잉카 문명을 이루었던 2천만명의 인구를 가진 잉카 제국은 아타왈파 황제가 스페인의 피사로 장군이 이끄는 180명의 병사에 의해 체포됨으로써 하루만에 멸망하고 말았다.

예상 외의 숫자

미 공군의 수는 제1차 세계대전이 발발할 당시 겨우 50명이었다.

8
바둑돌 퀴즈

문제 1

그림과 같이 네모칸에 5개의 동전을 1개씩 넣어 가로, 세로, 비스듬하게 2개이상 놓이지 않도록 하기 위해서는 어디에 놓으면 좋을까요?

그림의 보기는 가로, 세로는 2개 이상이 놓여 있지 않지만 비스듬히 2개 이상 놓인 곳이 있어서 불합격입니다.

문제 2

다음의 그림과 같이 64개의 바둑돌이 놓여 있습니다. 이 바둑돌을 1개씩 없애 나가 마지막의 결승점까지 가는 것이 문제입니다. 그런데 조건이 하나 있습니다. 그것은 직각으로만 굽어 가야 한다는 것입니다.

결승점에 골인하기 위해서는 최저 몇 번은 직각으로 굽어야만 될까요? 그렇지만 10의 바둑돌과 18의 바둑돌은 서로 잡아먹을 수 없습니다.

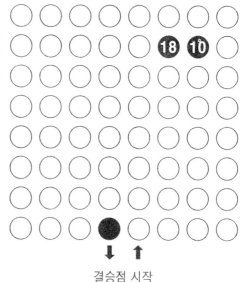

결승점 시작

문제 3

  30개의 바둑돌이 그림과 같이 놓여 있습니다.

  이 바둑돌을 3개씩 직선으로 잇고 싶은데 어떻게 이어나가면 좋을까요? 3개씩 잇는 것이기 때문에 같은 바둑돌에 선이 두 번 걸린다든지, 바둑돌을 하나라도 남겨서는 안 됩니다.

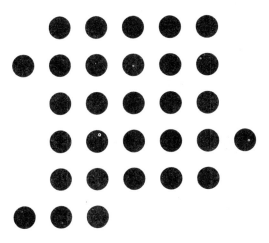

문제 4

바둑돌이 다음의 그림과 같이 바둑판 위에 놓여 있습니다.

이것을 어디서부터 시작해도 좋으니까 한번씩 지나갈 때마다 바둑돌을 한개씩 빼내서, 전부 빼내려면 어떻게 하면 될까요? 뛰어넘거나 뒤로 돌아오기, 옆으로 비스듬하게 가게는 할 수 없으며, 끝까지 선을 따라 진행하면서 바둑돌을 없애 나가야 됩니다.

해답은 그림 B의 바둑돌 순서대로 나가면 됩니다.

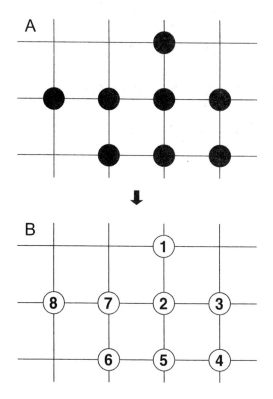

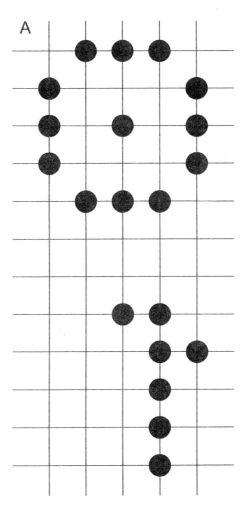

자, 그러면 보기의
요령으로 다음 그림
의 돌을 없애 보십시
오

152

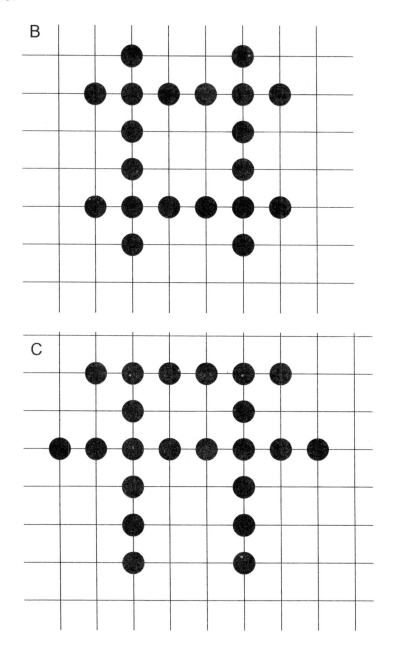

문제 5

다음 그림에서 검은 바둑돌, 검은 바둑돌, 흰 바둑돌, 검은 바둑돌, 검은 바둑돌, 흰 바둑돌, 검은 바둑돌, 검은 바둑돌, 흰 바둑돌…의 순서대로 a에서 시작하여 결승점이 b가 되도록 통과해서 가 보십시오.

그런데 마지막이 검은 바둑돌, 검은 바둑돌, 흰 바둑돌로 끝나야만 됩니다.

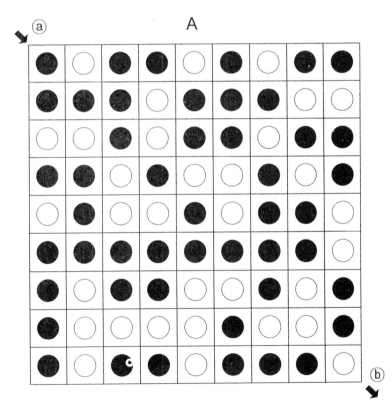

다음은 흰 바둑돌, 검은 바둑돌, 검은 바둑돌, 흰 바둑돌, 흰 바둑돌, 검은 바둑돌, 검은 바둑돌…과 같이 월츠 리듬으로 통과해 보십시오. 그런데 마지막에도 흰 바둑돌, 검은 바둑돌, 검은 바둑돌로 끝날 수 있도록 해야만 됩니다.

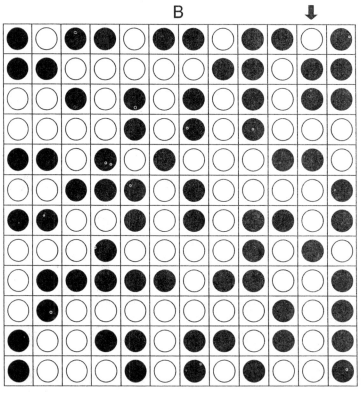

문제 6

다음 그림과 같은 판 위에 놓인 바둑돌을 움직여서, 마지막에 판 한가운데에 있는 네모칸에 바둑돌을 하나 남기는 방법을 생각해 보십시오.

바둑돌을 움직이는 방법은 왼쪽, 오른쪽 위쪽 아래쪽으로 다른 돌을 뛰어넘으면서 뛰어넘은 돌은 빼내는 방법입니다. 그렇지만 비스듬하게 뛸 수는 없습니다.

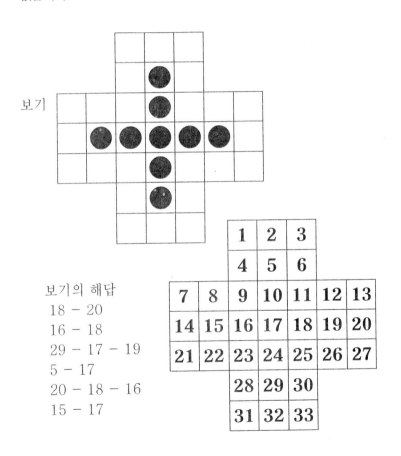

보기

보기의 해답

18 - 20
16 - 18
29 - 17 - 19
5 - 17
20 - 18 - 16
15 - 17

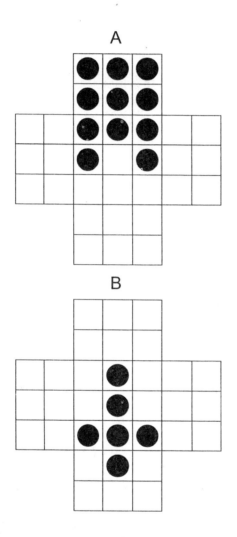

문제 7

그림과 같이 바둑판 위에 비스듬하게 한 줄로 바둑돌이 9개 놓여 있습니다. 즉, 바둑판에 가로줄로도 세로줄로도 바둑돌이 하나씩 놓여 있다는 뜻입니다. 그러면 이것과는 별도로 가로줄에도 세로줄에도 바둑돌이 하나씩 있는 것 같이 다시 놓고 싶습니다. 그런데 각 바둑돌의 사이를 모두 장기의 상길로 다녀야만 됩니다.

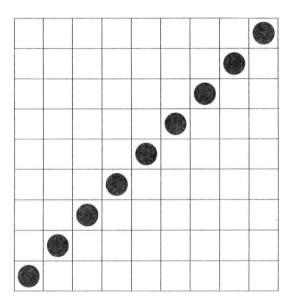

※ 그림과 같이 똑바로 한 번 가서 가로로 두 번, 똑바로 두 번 가서 가로로 한 번 가는 것이 장기의 상길입니다.

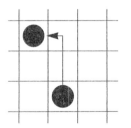
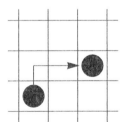

다음은 바둑판 위에서 검은 바둑돌 9개, 흰 바둑돌 8개를 써서 모든 바둑돌을 상길의 모양으로 고쳐 놓고, 거기다 가로, 세로 모두 검은 바둑돌과 흰 바둑돌이 하나씩 들어가도록(같은 색의 돌이 두 개면 안됨) 놓아 주십시오.

문제 8

검은 바둑돌, 흰 바둑돌 각각 8개, 모두 합쳐서 16개인 바둑돌이 동그라미 모양으로 놓여 있습니다. 먼저 1의 돌을 없애고 그리고 시계 방향으로 2개째에 오는 바둑돌을 순서대로 주워 가면 검은 바둑돌 1, 흰 바둑돌 2, 검은 바둑돌 3, 흰 바둑돌 4…와 같이 교대로 바둑돌을 주울 수 있습니다. 그러면 바둑돌의 배치를 바꾸어서, 3개째에 오는 바둑돌을 빼나간다고 해도 역시 검은 바둑돌, 흰 바둑돌, 검은 바둑돌, 흰 바둑돌의 순서가 되도록 바꿔 보십시오.

자, 그러면 처음의 동그라미는 어떤 식으로 놓으면 좋을까요?

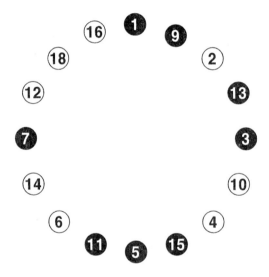

다음 문제입니다.

오른쪽으로 돌아가면서 바둑돌을 빼내는 방법으로 1번에서 시작해서 마지막으로 16번을 뺄 수 있는 문제로 만들고 싶습니다. 그렇게 하기 위해서는 몇 번째를 제일 먼저 빼는 것이 좋을까요?

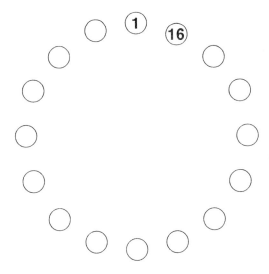

정 답

[1]

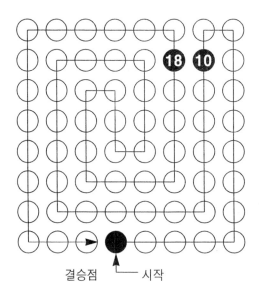

그림과 같이 놓으면 합격입니다.

1개를 놓을 때마다 더 이상 놓을 수 없는 곳을 지워 나가면 의외로 쉽게 할 수 있을 지도 모르겠습니다.

[2]

18 10

결승점   ┗── 시작

[3]

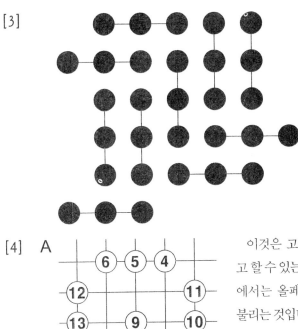

[4] A

이것은 고전 중의 고전이라
고 할 수 있는 게임입니다. 서양
에서는 올페우스의 돌이라고
불리는 것입니다.
　해답은 그림과 같습니다.

B

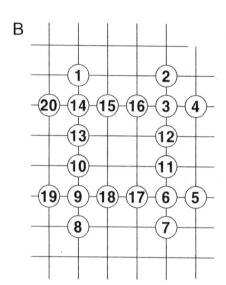

C

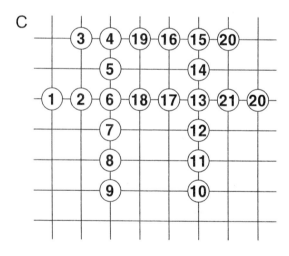

[5]

네모 안에 길을 몇 개 만들어 그것을 정해진 법칙에 따라 처음에서 마지막까지 지나가는 퍼즐을 '다이달로스의 네모' 라고 합니다. 체스(서양장기)나 장기와 같은 장애물 등 여러 가지로 생각해 낼 수 있습니다.

그리스 신화에 나오는 다이달로스는 이카로스의 아버지로, 크레타 섬에 미궁인 라비린토스를 만든 탓에 왕의 노여움을 사서 그 탑 안에 감금이 되었다가, 새의 깃털을 이어서 만든 날개를 고안하여 멀리 도망칩니다. 이 퍼즐의 명칭은 이 다이달로스의 이름을 딴 것입니다.

A

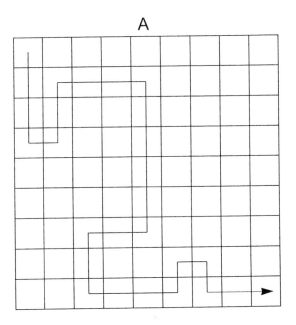

B

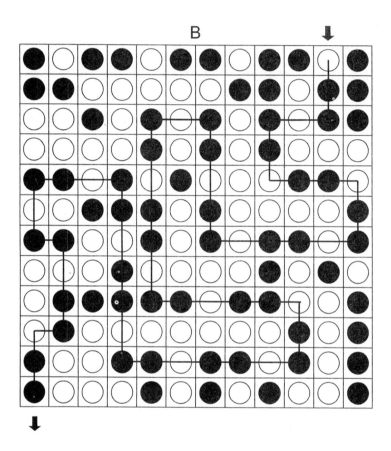

[6]

Ⓐ 10−8, 1−9, 16−4, 3−1−9, 8−10, 5−17−19, 6−18, 19−7

Ⓑ 24−22, 10−24, 25−28, 22−24, 29−17.

[7]

체스의 나이트(기사)는 그림 A와 같이 움직일 수 있습니다. 이것이 이른바 장기의 상길 움직이기로, 이 방법으로 체스판(8×8)의 모든 네모칸을 한 번씩 지나가 원래의 위치로 돌아오는 문제가 유명합니다. 그러나 8×9로 된 장기판은 그렇게 할 수 없습니다.

그림 B와 같이 나이트가 검은 칸에서 시작했다고 친다면 반드시 다음은 흰 칸, 다음 칸……과 같은 식으 하게 되어 있습니 돌아오기 위해서는 에 있어야만 됩니

A

B

166

즉, 칸의 숫자는 짝
수가 되어야만 하는
것입니다. 따라서 판
의 숫자가 홀수인 경
우는 불가능합니다.

①

②

[8]

여러 가지로 머리를 쓰는 것이 중요합니다. 이렇게도 해 보고 저렇게 도 해 보는 사이에 여러분의 머리는 좋아질 것입니다.

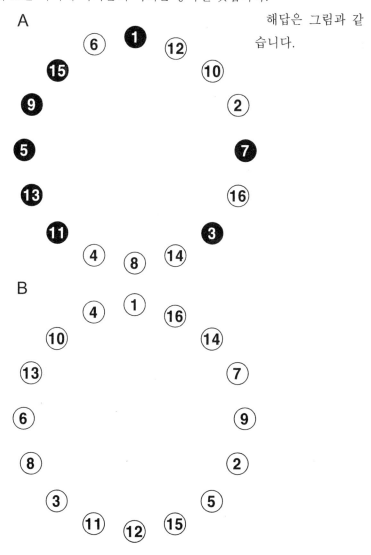

해답은 그림과 같 습니다.

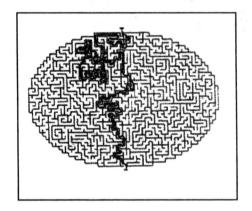

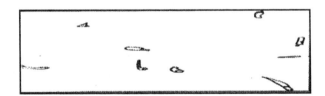

♠ 별난 읽을 거리 ♠

- 간 큰 남녀 -

1. 성당에서…

"성 패트릭 성당의 경건함도 우리의 뜨거운 본능과 열정을 막을 수 없다."

2002년 8월 20일(한국시간) 로이터통신은 뉴욕의 성 패트릭 성당에서 성관계를 즐긴 커플이 불경죄로 체포됐다고 보도했다. 버지니아주 알렉산드리아 출신 로레타 린 하퍼(35)와 남자친구인 버지니아주 콴티코 출신 브라이언 플로렌스(37) 커플은 신도들이 예배를 드리는 사이 성당 현관에서 성관계를 갖다 성당 관리인의 신고를 받고 급히 출동한 경찰에 체포됐다. 이 '간 큰' 커플은 한 라디오 토크쇼 프로그램 <오피와 앤서니>에서 주최한 '뉴욕 위험 지역에서 섹스하기' 경연대회에 참가해 기행을 저지른 것으로 밝혀졌다. 이 대회에는 모두 54커플이 참가해 뉴욕 록펠러센터 등지에서 성관계를 벌였다. 토크쇼 진행자 폴 메르쿠리오(42)는 라디오 생방송에서 이 같은 역사적인 성관계 장면을 중계하다가 함께 체포됐다.

2. 수영장에서…

'우리, 그냥 사랑하게 해주세요.'

영국의 인터넷 뉴스 사이트 '아나노바'는 2002년 8월 20일(한국시간) 이탈리아 밀라노의 대중 수영장에서 한 쌍의 남녀가 대낮에 성관계를 갖다 체포됐다고 보도했다.

이름이 밝혀지지 않은 두 사람은 이날 수영장에서 처음 만난 사이답지 않게 뜨거운 애정행각을 벌이다 풀 안에서 성관계를 갖기에까지 이르렀다.

이들의 도를 넘은 행위는 관리인의 만류에도 불구하고 계속됐다. 관리인이 둘을 풀 밖으로 끌어내려 했으나 남자는 "여자가 만족에 이를 때까지 계속 해야 한다"고 버텼다.

결국 이들은 관리인의 신고를 받고 출동한 경찰에 의해 '공공장소에서 음란행위'를 한 혐의로 체포됐다.

한 관리인은 "여자가 다리를 넓게 벌리고 남자는 뒤에서 껴안는 형태로 상황이 진행됐고, 모든 일은 여러 손님이 보는 앞에서 벌어졌다'며 경악을 금치 못했다.

두 사람은 현재 유치장에서 갇힌 상태로 지방법원의 판결을 기다리고 있다. 목격자가 많아 혐의를 부인할 수도 없는 상황이어서 뜨거운 열정을 불태운 값을 톡톡히 치르게 생겼다.

🐢 별난 이야기

일본에서 유행하는
··
SEX 점

요즘 일본 젊은 이들 사이에서 모르면 그 야말로 간첩인 책이 한 권 있다. 에로 비디오 업계의 대부 카토오 타카가 지은 〈섹스 점(동물 편)〉이 그 것. 이 섹스 점은 당신이 좋아하는 여성의 잠자리 경향, 궁 합, 가장 좋은 체위를 알려준 다. 이 섹스 점을 마치면 당신의 밤은 백팔십도 바뀔 것이다.

※ 환산표 보는 방법

만약 46년9월2일생이라고 하면 ㉠46년9월의 수치를 환산표에서 확인한다. 그러면 14란 숫자가 나온다. ㉡그 숫자에 태어난 날짜를 더한다. 결국 2를 더해 14+2=16이 된다. ㉢그 숫자를 동물번호표에서 확인한다. 16이란 숫자는 코알라에 속해 있으므로 코알라가 당신의 동물이 된다(만약 60 이상이 되면 합계에서 60을 뺀 것이 당신의 숫자가 된다).

동물번호표

동물	숫자환산표
사자	51 52 57 58
치타	1 7 42 48
페가수스	21 22 27 28
코끼리	12 18 31 37
원숭이	3 9 15 34 40 46
늑대	13 19 24 25 30 36
코알라	4 10 16 33 39 45
호랑이	6 43 49 54 55 60
흑표범	5 44 50 53 56 59
양	14 20 23 26 29 35
너구리	2 8 41 47
아기사슴	11 17 32 38

환산표

	1월	2월	3월	4월	5월	6월	7월	8월	9월	10월	11월	12월
32년	57	28	57	28	58	29	59	30	1	31	2	32
33년	3	34	2	33	3	34	4	35	6	36	7	37
34년	8	39	7	38	8	39	9	40	11	41	12	42
35년	13	44	12	43	13	44	14	45	16	46	17	47
36년	18	49	48	49	19	50	20	51	22	52	23	53
37년	24	55	23	54	24	55	25	56	27	57	28	58
38년	29	0	28	59	29	0	30	1	32	2	33	3
39년	34	5	33	4	34	5	35	6	37	7	38	8
40년	39	10	39	10	40	11	41	12	43	13	44	14
41년	45	12	44	15	45	16	46	17	48	18	49	19
42년	50	21	49	20	50	21	51	22	53	23	54	24
43년	55	26	54	25	55	26	56	27	58	28	59	29
44년	0	31	0	31	1	32	2	33	4	34	5	35
45년	6	37	5	36	6	37	7	38	9	39	10	40
46년	11	42	10	41	11	42	12	43	14	44	15	45
47년	16	47	15	46	16	47	17	48	19	49	20	50
48년	21	52	21	52	22	53	23	54	25	55	26	56
49년	27	58	26	57	27	58	28	59	30	0	31	1
50년	32	3	31	2	32	3	33	4	35	5	36	6
51년	37	8	36	7	37	8	38	9	40	10	41	11
52년	42	13	42	13	43	14	44	15	46	16	47	17
53년	48	19	47	18	48	19	49	20	51	21	52	22
54년	53	24	52	23	53	24	54	25	56	26	57	27
55년	58	29	57	28	58	29	59	30	1	31	2	32
56년	3	34	3	34	4	35	5	36	7	37	8	38

57년	9	40	8	39	9	40	10	41	12	42	13	43
58년	14	45	13	44	14	45	15	46	17	47	18	48
59년	19	50	18	49	19	50	20	51	22	52	23	53
60년	24	55	24	55	25	56	26	57	28	58	29	59
61년	30	1	29	0	30	1	31	2	33	3	34	4
62년	35	6	34	5	35	6	36	7	38	8	39	9
63년	40	11	39	10	40	11	41	12	43	13	44	14
64년	45	16	45	16	46	17	46	18	46	19	50	20
65년	51	22	50	21	51	22	52	23	54	24	55	25
66년	56	27	55	26	56	27	57	28	59	29	0	30
67년	1	32	0	31	1	32	2	33	4	34	5	35
68년	6	37	6	37	7	38	8	39	10	40	11	41
69년	12	43	11	42	12	43	13	44	15	45	16	46
70년	17	48	16	47	17	48	18	49	20	50	21	51
71년	22	53	21	52	22	53	23	54	25	55	26	56
72년	27	58	27	58	28	59	29	0	31	1	32	2
73년	33	4	32	3	33	4	34	5	36	6	37	7
74년	38	9	37	8	38	9	39	10	41	11	42	12
75년	43	14	42	13	43	14	44	15	46	16	47	17
76년	48	19	48	19	49	20	50	21	52	22	53	23
77년	54	25	53	24	54	25	55	26	57	27	58	28
78년	59	30	58	29	59	30	0	31	2	32	3	33
79년	4	35	3	34	4	35	5	36	7	37	8	38
80년	9	40	9	40	10	41	11	42	13	43	14	44
81년	15	46	14	45	15	46	16	47	18	48	19	49
82년	20	51	19	50	20	51	21	52	23	53	24	54
83년	25	56	24	55	25	56	26	57	28	58	29	59
84년	30	1	30	1	31	2	32	3	34	4	35	5

성적 호기심 강한 바람둥이

치타
좋은 상대　페가수스, 코알라

가장 좋은 체위

섹스와 결혼은 별개인 타입. 스포츠 감각으로 섹스를 즐기는 그녀이기에 뒤끝이 없다. 겉으로 표시는 안 내지만 성적 호기심이 워낙 왕성한 선천적인 바람둥이. 여러명의 남자와 양다리를 걸쳐도 양심의 갈등이 없다.

잠자리에서 적극적이고 대담. 게다가 남자의 성감대를 찾는 데도 선천적인 소질이 있다. 강렬한 섹스를 좋아한다. 이 타입의 여성은 스피드하게 여러 체위를 바꾸는 것을 좋아한다.

후배위로 '여성'을 강하게 자극하는 것이 좋다. 가슴은 손으로 격하게 만지거나 거칠게 입으로 가득 애무하는 것을 좋아한다.

남자의 봉사를 바라는 '여왕'

사자
좋은 상대　치타, 아기사슴

가장 좋은 체위

이 타입은 제멋대로 여왕. 하지만 자기를 사랑해주는 사람에게는 지극 정성이다. 섹스는 진지한 자세로 임해 자신이 주도권을 잡기 원하는 스타일. 어디까지나 남자가 자신을 추켜주는 것을 좋아한다. 그렇기 때문에 일단

내 상대로 흡족하다고 생각하면 자신의 성감대를 꼼꼼히 가르쳐주는 열성을 보이기도 한다. 단 남자가 먼저 절정에 다다르면 화를 내므로 주의. 시간에 자신이 없으면 전희에서 승부를 내야할 듯.

사자여성은 자유로운 걸 좋아하므로 여성상위가 '딱'이다. 전희에서 가슴을 애무하면서 클리토리스의 반응을 살펴라.

의외의 공격에 욕정이 불타는 타입

페가수스
좋은 상대　치타, 너구리

가장 좋은 체위

이 타입은 섹스의 선호도와 취향을 파악하기 힘든 경우가 많다. '키스로 시작해서 키스로 끝을 맺는' 전통적인 방식도 통하지 않는다.
의외의 공격이 먹힐 공산이 크므로 다양한 체위와 애무방식을 시도하는 것이 좋

다. 욕정을 불러일으키는 말을 한다거나 매니큐어 색깔 등을 칭찬해 분위기를 띄우는 것이 중요. 잠자리에서도 우아함을 따지는 페가수스 여성에게 서커스 같은 체위는 금물.

정상위가 무난하다. 코나 턱을 사용한 클리토리스 자극에 의외로 민감할 수도.

큰 신음소리 내뱉는 대담한 요부

코끼리 좋은 상대 — 아기사슴, 흑표범

낮에는 현모양처, 밤에는 요부로 변신하는 타입. 잠자리의 쾌락을 알게 되는 순간 그 쾌락을 쫓는 데만 충실해진다. 큰 신음소리나 음란한 모습도 보인다. 그러나 장시간 피스톤 운동만 반복하면 역효과.

여자가 삽입을 애원할 때까지 남자는 끈질기게 애무를 해야 한다. 이 타입의 여성은 손바닥, 발바닥 등 상상도 못하던 부위가 성감대인 경우가 종종 있다. 전신을 충분히 애무하는 것이 관건.

가장 좋은 체위

옆으로 누워 뒤에서 삽입하는 것을 좋아한다. 동시에 클리토리스를 애무하거나 옆구리를 쓰다듬고 귓볼에 키스하도록.

남자의 감정변화에 민감한 마법사

코알라 좋은 상대 — 늑대, 흑표범

이 타입은 야한 얘기에도 밝게 대응해 사귀기 쉽다. 섹스는 상대에 따라 변화무쌍. 상대가 약하면 약하게 강하면 강하게 대처한다. 에로틱한 말이나 정성을 들인 느긋한 애무에 흥분한다. 섹스를 하면서 상황을 일일이 중계하는 것도 흥분을 고조시킬 수 있는 좋은 방법. 또 남자의 표정변화나 숨소리를 듣고 그에 따른 애무를 하는 마법사이기도 하다. 남자를 기분좋게 하는 것을 기쁨으로 삼는 타입이다.

가장 좋은 체위

엉덩이를 남자에게 가도록 하는 여성사위. 삽입을 늦추면 여성은 그 이후의 상황을 상상해 더 불타오른다.

흥분한 자신 상상하며 달아올라

원숭이 좋은 상대 — 코알라, 양

이 타입의 여성은 우선 밝고 활기차다. 잠자리에서도 놀랍도록 솔직한 모습을 보인다. 자기 기분이 좋다면 만사 오케이라서 야외나 SM(사디즘, 마조히즘)에도 의욕적으로 도전한다. 남자가 오럴을 요구해도 절대 '싫다'고 얘기하지 않는다. 오히려 기꺼이 응한다. 전희에서 절정을 맛보게 하면 실제행위에서 남자가 먼저 사정을 해도 상관 않는다. '여성'을 애무하면 수치스런 부분을 보인다는 생각에 더욱 흥분한다.

가장 좋은 체위

여자가 가장 수치심을 느끼게 하는 정상위가 좋다. 전희는 조금은 난폭하게 해라. 너무 달콤한 전희는 재미없어한다.

호랑이
스스로 허리 돌리면서 오르가슴에

좋은 상대 원숭이, 페가수스

가장 좋은 체위

일상생활에선 요조숙녀, 하지만 흥분하면 무서운 타입이다. 흥분이 더할수록 소리를 지르고 허리를 격하게 돌린다. 밤낮의 차이가 매력적인 이 타입은 전희에 시간을 들이면 역효과. 와일드한 체위로 실제행위에 돌입하는 것을 즐긴다. 단 만족스럽지 않으면 계속 요구하므로 지속력이 무엇보다 관건. 게다가 성욕이 남들보다 훨씬 강하기 때문에 자다가 일어나 원해도 아침 출근 직전에 원해도 거절하는 법이 없다.

앉아서 하는 체위는 키스하며 애무할 수 있고 여성상위로도 정상위로 바로 바꿀 수 있다. 팔과 겨드랑이를 혀로 애무.

늑대
섹스로 밤을 지새우는 정열적인 여인

좋은 상대 양, 사자

가장 좋은 체위

섹스에 대한 흥미도 왕성하고 남들보다 성욕도 강하다. 자립심이 강해 경제적으로도 정신적으로도 남자를 의지하지 않는다. 하지만 '이 사람'이라고 결정한 상대에게는 정신을 못차리는 타입. 얼마간의 희생은 감수하면서 섹스로 날을 지새우는 정열적인 여인이다. 반면 절정으로 치달은 다음 계속 애무하는 것을 싫어하는 냉정한 면도. 자신의 성감대를 파악해 애무를 해달라고 조르기도 한다. 이를 무시하면 토라지기도 한다.

늑대여성에겐 남성이 등을 바라보는 후배위가 좋다. 관계를 하면서 클리토리스 자극을 하면 쉽게 오르가슴에 이른다.

너구리
겉은 청순가련형 속은 음란녀

좋은 상대 코끼리, 페가수스

가장 좋은 체위

이 타입은 겉은 청순가련형에 성욕은 온화하다. 그다지 성욕이 강하지는 않지만 하고 싶을 때는 물불을 안가리고 덤빈다. 모르는 남자와도 성욕을 느낀다면 그대로 잠자리로 직행하기도. 이렇게 한 번 관계를 맺으면 순식간에 음란하게 변한다. 농염한 포즈나 섹스를 연출하기도 한다. 한마디로 자유자재로 변신하는 섹스광으로 돌변하는 것. 남자가 자신을 원하는 것을 사랑하는 증거로 여긴다.

한쪽 다리를 올리고 뒤에서 삽입하는 체위. '세 번은 얕게 한 번은 깊게. 두 번 얕게 한 번 깊게' 처럼 템포를 빨리 해 가도록

흑표범 — 상상력 부추기면 흥분 배가

좋은 상대 양, 코끼리

가장 좋은 체위

상상력이 풍부한 여성이 많아 상상을 부추기는 섹스를 좋아한다. 물리적인 애무보다는 자신의 야한 포즈를 상상하거나 자신의 입에서 나온 신음소리에 도리어 흥분하는 타입. 보다 난폭한

섹스를 위해 처음에는 남자를 거부하는 몸짓을 하는 등 계산을 한다. 눈을 가리는 행위나 손을 묶는 SM도 상상을 부추겨서 좋다.

밀착성이 높은 앉은 체위가 좋다. 음란한 말을 건네면서 키스하면 스스로 이것저것 바라는 탐욕스런 모습을 보인다.

아기사슴 — 민감한 신체 스스로도 통제불가능

좋은 상대 호랑이, 사자

가장 좋은 체위

전희 없이 곧바로 관계를 갖는 것은 치명적인 타입. 잠자리 테크닉보다도 배려하는 마음을 우선시한다. 시간을 들여 구석구석을 애무하는 것이 좋다. 스스로에게

거짓말을 못하는 타입이므로 일단 민감한 보디에 불이 붙으면 주체하지 못한다. 이렇게 불이 붙으면 처음 경계상태는 무너지고 대담한 플레이도 거부하지 않는다.

양다리를 들고 하는 정상위. 시각적 효과도 높아 오르가슴에 금방 다다른다.

양 — 자유분방하고 서비스 정신 '굿'

 좋은 상대 너구리, 치타

가장 좋은 체위

사교성이 좋아 누구나 좋아하는 타입. 평상시에는 부드럽고 사리분별이 뛰어나지만 사랑에는 적극적이다. 또한 독점욕도 강해 일단 마음에 들면 매달리는 스타일. 섹스도 자유분방하고 서비스 정신이 탁월하다. 적극적으로 남자를 기쁘게 하는 애

무하려는 타입이다. 하지만 그 이면에는 이렇게 하지 않으면 날 싫어할지도 모른다는 불안감이 항상 존재하고 있다. 그러니 귓가에 '사랑해'라고 속삭이는 것이 중요하다.

양손을 밀착시킨 후배위에 여성은 만족한다. 혀, 손가락을 이용해 가슴을 공략해 보자. 배꼽 바로 밑을 애무하는 것도 좋다.

★ 쉬 어 가 는 페 이 지 ④

테스트 당신의 심장은 안녕하십니까

매년 전세계에서 심장질환으로 사망하는 사람은 약 18만 명. 이는 전세계 사망자의 20%를 나타내는 수치이며, 유럽의 경우에는 75세 이하 사망자의 40%를 차지할 정도로 이미 심각한 수준에 도달해 있다. 우리나라의 경우에도 암, 뇌혈관질환 및 사고사에 이어 네 번째로 사망자 수가 많을 정도로 최근 그 발병률이 점차 높아지고 있어 상당한 주의가 필요하긴 마찬가지.

독일 크로징엔심장센터 과장인 헬무트 골케 박사는 "미리 자신의 상태를 파악하기만 하면 충분히 예방할 수 있는 것이 바로 심장질환으로 인한 사망이다"라고 충고한다. 대부분의 경우 자신의 상태를 알지 못하고 방심하다가 불의의 사고를 당하기 십상이라는 것이 그의 설명.

다음의 간단한 테스트를 통해 지금 나의 심장은 건강한지 스스로 체크해 보자.

문 항	점 수
1. 부모님이나 형제자매 중 이미 심근경색으로 사망한 사람이 있는가?	
A. 70세 이전에 사망했다.	2
B. 55세 이전에 사망했다.	3
C. 없다.	0
2. 담배를 피우는가?	
A. 하루에 20개비 이상 피운다.	4
B. 하루에 20개비 이하로 피운다.	3
C. 피우지 않는다.	0

문 항	점 수

> **★ 표준 체중 계산법**
>
> (남성) 신장-100(키가 170cm인 경우:170-100=70kg)
> (여성) (신장-100) × 0.9(키가 160cm인 경우: (160-
> 100) × 0.9=54kg)

3. 당신의 몸무게는 얼마인가?

A. 표준 체중이거나 또는 그 이하다.   0

B. 표준 체중보다 5~10kg 더 나간다.   0.5

C. 표준 체중보다 10~20kg더 나간다.   1

D. 표준 체중보다 20kg 이상 더 나간다.   1.5

4. 규칙적으로 운동을 하는 편인가? (최소 20분간)

A. 1주일에 적어도 1회 정도 한다.   -1

B. 한 달에 적어도 1회 정도 한다.   0

C. 거의 또는 전혀 안한다.   1

5. 혈액지방 수치는 어떠한가?

A. 모른다.   1

B. 매우 높다(280mg/dl 이상).   3

C. 약간 높다(200~280mg/dl).   1.5

D. 200mg/dl 이하다.   0

6. 혈압 수치는 어떠한가?

A. 모른다.   1

B. 수축기 혈압이 140~160이다.   0.5

문 항	점 수
C. 수축기 혈압이 160 이상이다.	3
D. 수축기 혈압이 140 이하다.	0
E. 이완기 혈압이 90 이하다.	0
F. 이완기 혈압이 90 이상이다.	2

7. 혈당 수치가 최근 높아졌는가?
A. 아니다.   0
B. 모른다.   1
C. 높아졌지만 약은 먹지 않고 있다.   3
D. 알약을 먹거나 인슐린 주사를 맞고 있다.   4

8. 사적으로 혹은 업무상 스트레스가 많은 편인가?
A. 거의 혹은 전혀 없다.   0
B. 종종 있다.   1
C. 늘 있다.   2

9. 한 번이라도 가슴이 답답해지는 통증을 느낀 적이 있는가?(신체 혹은 정신적인 부담감에 의해 10분 이상 통증이 지속되는 경우)
A. 없다.   0
B. 있다.   5

10. 심근경색 혹은 심근경색으로 의심되는 증상때문에 병원에서 진료를 받은 적이 있는가?
A. 없다.   0

문 항	점 수
B. 있다.	5

결과

[0~3점:매우 건강]

당신의 심장은 매우 건강하며 양호한 상태다. 하지만 방심은 금물. 스트레스를 받지 않는 생활을 하는 것이 중요하다. 예방이 최선이다.

[4~8점:주의 필요]

어느 정도 주의를 기울일 필요가 있는 상태. 아직 위험한 상태는 아니지만 전문의와의 상담을 통해 미리 예방하는 것이 좋다.

[9점이상:병원으로]

상당히 위험한 수준이다.

지금 당신의 심장은 그리 건강하지 못한 편이다. 지금 당장 전문의를 찾아가 상담한 후 적절한 치료법을 찾도록 한다.

❖ 해외 화제 ❖

'로빈 후드는 실존인물' 증거 찾았다

영국 한 박물관 지하서
비밀 통로 발견돼

'로빈 후드의 흔적을 찾다.'

중세 영국의 전설적 영웅인 로빈 후드는 실제로 존재했을까. 8백년 전 로빈 후드가 사용했던 것으로 추정되는 탈주로가 최근 영국 노팅햄의 한 박물관 지하에서 발견되어 비상한 관심을 모으고 있다. 탈주로를 발견한 고고학자이자 박물관 감독관인 루이스 코넬은 "중세 시대의 저장 창고를 탐색하던 중 우연히 바닥에 있는 작은 구멍을 하나 발견했다. 구멍 속을 들여다보니 지하로 나타났다"라고 발견 당시를 설명했다.

지하 통로를 따라가보니 놀랍게도 이 탈주로는 과거 로빈 후드가 머물렀던 것으로 알려져 있는 '세인트 메리 성당'으로 이어져 있었다. 성당을 출발점으로 시작된 이 탈주로는 박물관을 거쳐 도시 외곽에 있는 '린 강'까지 이어져 있었다. 지하 2.5m에 위치한 이 탈주로의 길이는 약 5km 정도. 너비 1.2m에 높이 1.5m로 사람 하나가 간신히 지나갈 정도로 비좁은 공간이다.

로빈 후드의 영웅담 중에는 이런 에피소드가 하나 있다. 관리들이 로빈 후드가 세인트 메리 성당에 은거하고 있다는 정보를 입수하고 그를 체포하기 위해 성당 안을 불시에 습격했지만 감쪽같이 사라져 결국 놓치고 말았다는 이야기가 그것이다. 이제야 그 미스터리를 풀 수 있게 됐다고 말하는 코넬은 이로써 전설 속 영웅인 로빈 후드는 더 이상 전설이 아님을 믿게 됐다고 밝혔다.

9
크로스 워드

문제 *1*

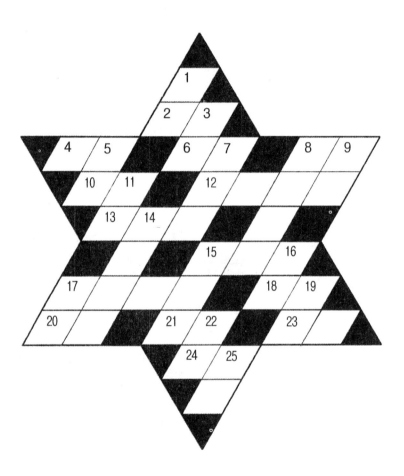

➡ <가로열쇠>

2. 이걸 원료로 만든 사탕은 입 안을 상쾌하게 하죠

4. 급히 오라는 ○○을 받다

6. 주관의 반대말. ○○식

8. 복싱

10. ○○속을 헤매다

12. 미국 애플사에서 만드는 컴퓨터 기종

13. 호신술로 널리 배우는 종합 무술

15. 떡국을 끓이는 떡

17. 일정한 요리 코스 전에 내놓는 간단한 음식

18. 부사가 나오기 전까지 많이 재배했던 사과품종

20. 투표나 의결 · 출장 등에서 자기의 권리를 버리고 행사하지 아니함

21. 악마의 손

23. 일이 일어나게 된 까닭

24. 유태교의 율법사

⬇ <세로열쇠>

1. 지질 시대의 나무의 진 따위가 땅 속에 묻혀 굳어진 광물. 누른 빛으로 투명하고 윤이 나며 장식용으로 쓰임

3. 결혼식 따위를 축하하러 온 손님

5. 특별히 좋은 맛

7. 전남 진도군 조도면의 하조도 아래에 있는 섬

8. 한 번 패하였다가 힘을 돌이켜 다시 쳐들어옴

9. 막힌 물체를 환히 꿰뚫어 봄

11. 혼인할 남녀의 사주를 맞추어 보는 일. ○○이 좋다

14. 권리자의 이름을 적어 넣은 채권

15. 머리를 갈라빗을 때 생기는 금

16. 설날 아침에 먹는 국

17. 세계 위인 ○○

19. 미친 증세

22. 임금에게 올리는 진지

25. 편을 들어 감싸서 보호함

문제 *2*

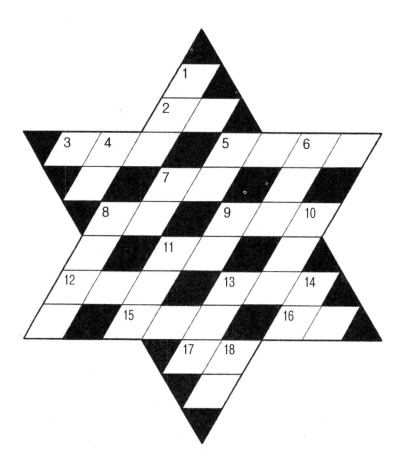

➡️ **〈가로열쇠〉**

2. 알기 쉽게 덧붙여 자세히 설명함

3. 알베르 까뮈의 대표소설

5. 양국간의 대금 결제가 필요 없는, 바터제 무역

7. 심한 추위로 피부가 얼어서 상하는 일

8. 고구려의 전신인 부족국가의 이름

9. 빈터

11. 집안 살림살이

12. 개인이나 가족의 전담의사

13. 말을 기르는 건물

15. 그림에서, 멀고 가까운 특징을 살려 그리는 기법

16. 경유를 사용하는 엔진을 발명한 사람

17. 괴어 있는 물

⬇️ **〈세로열쇠〉**

1. 「사돈댁」의 높임말

4. 노아의 ○○

5. 절구처럼 생긴 모양

6. 기한이 정해지지 아니함

7. 혈액을 심장에서 온 몸으로 보내는 혈관

8. 전염병에 걸리지 않기 위해 맞는 것

9. 작업의 되어 가는 과정

10. 전국구 말고

11. 조선 때 대궐 안의 의약을 맡아보던 관아

13. 오즈의 ○○○

14. 인도 독립의 아버지

18. 부끄러움

문제 *3*

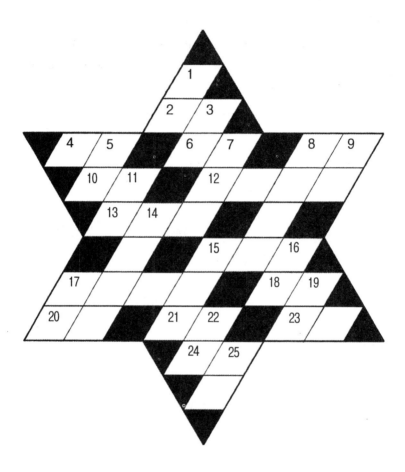

➡ <가로열쇠>

2. 사슴의 사촌. ○○꼬리만 하다

4. 어제와 오늘

6. 탁구를 영어로

8. 여럿 중에서 가려서 좋아함

10. 남의 금품을 강제로 빼앗는 사람

12. 그리스신화에 나오는 바다의 노인. 선원들을 보호함

13. 목에 매는 얇은 천

15. 학생들의 집단 숙식시설

17. 살갗에 생긴 흉터를 깎아 없애는 수술

18. 잡지를 ○○하다

20. 홍수로 인한 해

21. 함께 모의함

23. 손님 중에서 주가 되는 손님

24. 정제한 석유

⬇ <세로열쇠>

1. 권문세가에서 사사로이 부리는 노비

3. 천에 아스팔트를 먹인 지붕 방수재

5. 충남과 전북의 경계에 있는 강

7. 파리 세느강에 있는 다리 이름. 영화 '○○○의 다리'

8. 탤런트 이영하의 부인

9. 고무나 비닐 등으로 만든 관

11. 컴퓨터의 운영체제. 윈도즈 말고

14. 세계에서 가장 큰 호수

15. 기술을 가진 노동자

16. 사기로 만든 국그릇이나 밥그릇

17. 남자 무당

19. 그릇을 훔치거나 씻는 데 쓰는 헝겊

22. 자식에 대한 어머니의 정

25. 돌아다니며 구경함

문제 *4*

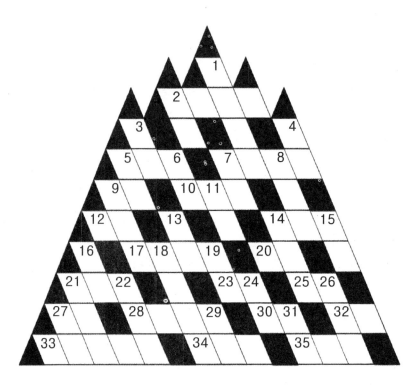

➡ <가로열쇠>

2. 행주치마는 ○○○○ 싸움에서 유래되었다고 한다
5. 생물이 빛을 따라 움직이는 성질
7. 여자가 남편 없이 혼자 밤을 지냄
9. 눈길
10. 아녀자들의 호신용 칼
12. 국악기의 한 가지. 깡깡이
14. 피할 수가 없음. ○○○한 사정
17. 외교사절이 주재국의 법 적용을 받지 않을 권리
20. 축하할 만한 기쁜 일
21. 하루에 천 리를 달린다는 말
23. 신랑 신부가 첫날밤을 보내는 방
25. 기독교의 교리를 체계적으로 연구하는 학문
27. 황
28. 홍수 때만 물에 잠기는 높은 하천 부지. 한강 ○○○○
30. 태양계에서 가장 큰 행성
32. 회사가 ○○하다
33. 스스로 원해서 사회봉사활동을 하는 사람
34. 유럽 제국에서 왕관을 머리에 얹어서 왕위에 올랐음을 공표하는 의식

⬇ <세로열쇠>

1. 산과 물을 잘 다스림
2. 행하여 온 일의 자취
3. 베토벤의 가장 유명한 피아노 소나타
4. 사람이 거처하지 않는 빈 방
5. 세속을 초월하여 술을 즐기는 사람
6. 임금의 은혜. ○○이 망극하다
7. 울릉도 옆에 있는 섬. ○○는 우리 땅
8. 아내를 공경하는 남편
9. 뽀빠이가 먹는 채소
11. 장성한 남자
13. 「해상법」의 준말
14. 죽지 않는 사람
15. 납치를 당함
16. 마소에 잔뜩 실은 짐
18. 외국 국적을 가진 사람들로 편성된 용병부대
19. 권세를 잡은 신하
21. 속리산의 최고봉
22. 한복 저고리 위에 덧입는 웃옷. 동정이 없음
24. 소나 말 따위의 가축을 놓아 기름
26. 학생의 신분으로 전투에 참여한 병사
27. 깊고 그윽한 동산
29. 묘터나 집터를 보는 사람
31. 실패는 ○○의 어머니

문제 5

1	2		3		4			5
6			7					
		8				9		
10	11				12		13	
			14					
15		16					17	18
					19			
			20				21	
22					23			

➡ 〈가로열쇠〉

1. 신비로운 미소로 유명한 레오나르도 다빈치가 그린 부인상

4. 장차 며느리를 삼으려고 미리 데려다가 키우는 여자 아이

6. 많고도 큼

7. 털실로 짠 피륙이나 편물, 양탄자 따위

8. 골프나 낚시 등의 모임에서 그 해 마지막으로 여는 행사

10. 벼를 갈아 겉겨를 벗기는 기구

12. 글자를 하나도 모를 정도로 무식함

15. 마침표

17. 말하는 사람. 이야기하는 사람

19. 무서움. ○○에 떨다

20. 과실 즙을 발효시켜 만들거나 소주 따위에 과실을 담가 우려서 만든 술

21. 소를 잡아서 받은 피

22. 아주 맛이 좋고 푸짐하게 차린 음식

23. 조선시대에는 왜군의 침입으로 임진왜란이 일어났고 청나라 군대의 침략으로 ○○○○이 발생했다

⬇ 〈세로열쇠〉

1. 뭇사람에게서 한꺼번에 마구 들이닥치는 매

2. 꾸어 온 것을 다시 다른 사람에게 꾸어 줌

3. 유치원이나 초등학교에서 어린이들의 효과적인 교육을 위해 그 자모들이 구성한 후원단체

4. 저수지나 강물처럼 짜지 않은 물. 담수. 바닷물의 반대

5. 우리나라의 남해안처럼 해안선이 톱날처럼 복잡하고 구불구불하게 이어지면 무슨 해안이라고 하나?

9. 사물을 잘 깨달아 알고 있는 사람

11. 통째 다 제 것으로 차지함

12. 해가 짐

13. 애국가에 나오는 꽃 이름

14. 남의 허물을 덮어 줌

15. 거침없이 마음 내키는 대로 행동하는 상태

16. 미리 한정하여 놓은 시기

18. 같은 패 안에서 일어나는 싸움질

19. 자기 아버지가 상감마마라고 생각하는 여자가 걸린 병

20. 지나친 칭찬

21. 여럿 중에서 가려서 좋아함

문제 *6*

1	2			3		4	5	6
7			8		9		10	
		11			12	13		
14	15				16		17	
18	·	19	20		21	22		23
		24			25			
26	27		28	29			30	
31						32		

➡ <가로열쇠>

1. 결혼 50주년을 기념하는 행사

4. '살살이' 란 애칭으로 유명했던 코미디언. ○○춘

7. 공격의 반대는?

8. 각도를 재는 기구

10.손아래

11.정밀하게 골라 뽑음

12.운수

14.산과 바다에서 나는 맛난 음식

16.공무원의 무사안일을 질책하는 말

18.물건과 물건을 서로 교환함

21.상업에 투자한 자본

24.싱싱하고 힘찬 기운

25.급히 알리는 소식

26.선사하여 줌

28.회사를 설립한 사람

30.산으로 된 땅

31.어떤 내용을 분명하고 자세하게 적은 문서

32.대중적인 성격을 띤 것

⬇ <세로열쇠>

1. 아름다운 우리 나라의 국토를 비유한 말. 삼천리 ○○○○

2. 혼인에 드는 비용

3. 몹시 꾸짖어 욕함

5. 여럿 중의 우두머리

6. 봄 · 여름 · 가을 · 겨울

8. 여성의 다리의 아름다움

9. 맞춤복의 반대는?

11.정력을 다하여 나아감

13.손가락

15.바다에서 나는 산물

17.그 자리에 없는 사람. ○○○투표

18.물건으로 뚜렷이 나타낸 증명

19.「교육 실습생」의 준말

20.환기를 위해 설치한 창

21.계급이 위인 사람

22.전세의 악한 짓에 대한 죄값

23.사람의 본디 지닌 순수한 심성

27.어떤 일을 치른 다음의 나머지 세력이나 기세

29.전세의 악업으로 벌을 받음

30.첩첩○○

문제 7

1		2	3		4	5		6
		7			8			
			9					
10		11			12	13		14
15						16		
		17	18		19			
			20					
21		22			23	24		25
26					27			

➡ **〈가로열쇠〉**

1. 신랑집에서 신랑의 사주를 적어 신부의 집에 보내는 간지

4. 적을 이롭게 하는 말이나 행동

7. 나아가 적을 침. ○격

8. 마음으로 느끼는 기분

9. 오래도록 끄는 싸움을 이르는 말

11. 물의 깊이

12. 마음속으로 생각하는 일

15. 장려할 목적으로 주는 상

16. 배가 닿고 떠나고 하는 곳. ○착○

17. 자연히 싹터서 자라는 일

19. 근본이 되는 일

20. 마라톤 우승자에게 씌워주는 것

22. 유학을 공부하는 선비

23. 종이로 만든 그릇의 총칭

26. 찾아오는 사람이 많음. ○전○시

27. 인간 생활이 고통 그 자체라는 철학. 쇼펜하워가 대표자임

⬇ **〈세로열쇠〉**

1. 역사상 중대한 사건이나 시설의 자취

2. 쇠붙이를 붙임. 또는 그 직공

3. 자기 스스로 한 일에 대해서 미흡하게 여기는 마음

4. 말을 하지 않아도 서로의 마음이 통함. ○심○심

5. 알맞은 시기

6. 거짓으로 증명함

10. 인주

11. 상을 받은 사람

13. 조선 때, 나라의 잔치가 있을 때 추던 궁중무용의 하나

14. 사내○○○

18. 태어난 달과 시간

19. 기관지의 점막에 생기는 염증

21. 산의 어귀

22. 당당한 ○○

24. 기름의 성질

25. 학업을 닦음

문제 *8*

1	2		3		4		5	6
7							8	
		9			10			
11	12		13				14	
15			16		17		18	19
		20			21			
22	23						24	
25					26			

➡ <가로열쇠>

1. 태풍을 위성사진으로 보면 거세게 소용돌이치는데 그 중심 부근에 있는 구름이 적고 바람도 약한 구역을 일컫는 말

4. 한쪽 양이 다른 쪽 양의 함수가 되어 있을 때 이 두 개의 양의 관계를 말함

7. 비둘기는 ○○를 상징하는 새

8. 처음 시작하거나 제창함. 최제우는 동학을 ○○했다

9. 음식을 만드는 방

10. 명태를 말리면?

11. 어떠한 쪽의 위치

13. 오징어 향나무 호박엿 등으로 유명한 동해의 섬

14. 볼 일. 용건

15. 형과 아우

16. 반성의 뜻이 담긴 글

18. ○○는 하루 아침에 이루어지지 않았다

20. 굶주림과 배부름

21. 어느 구역의 전부

22. 땅의 이름

24. 모습이나 행동이 기이한 호걸

25. 일정한 기간이 지나면 검사의 공소권이 소멸돼 공소를 제기할 수 없는 제도

26. 거의 같고 조금 다름. 서로 비슷비슷함

⬇ <세로열쇠>

1. 밤나방과의 곤충. 몸과 날개는 암갈색이고, 앞날개에 태극 무늬가 있음

2. 지표의 암석이 공기 물 온도 따위의 작용으로 차츰 부서지는 현상

3. 슬플 때 눈에서 방울처럼 뚝뚝 떨어지는 것

4. 한반도의 북동쪽 끝에 있으며 두만강을 경계로 중국과 맞닿아 있는 도

5. 정부가 일반에게 널리 알릴 사항을 실어 발행하는 인쇄물

6. 옛날 사람들이 달 속에 있다고 상상하던 나무

12. 죽은 혼령을 위로하는 제사

14. 높은 온도로 광석을 녹여 무쇠 따위를 제련해내는 가마

15. 반딧불과 눈빛에 비춰 책을 보며 공부했다는 고사성어. 고생하면서도 꾸준히 학문을 닦은 보람

16. 자식이 자라서 어버이가 길러준 은혜에 보답하는 효성

17. 문 앞에서 박절하게 대함

19. 첫번째로 물건을 파는 일. 개시

23. 이름난 장소

24. 남을 속이고 우습게 봄

문제 *9*

1		2			3		4	5
				6		7		
	8					9		
10								
	11	12			13		14	
15				16			17	
18				19		20		
		21	22					23
24					25			

➡ **〈가로열쇠〉**

1. 정부가 통제하는, 상품의 최고 또는 최저가

4. 번쩍이는 빛

6. '사기'의 저자

8. '봄의 교향악이 울려퍼지는–'으로 시작되는 우리 가곡

9. 휴양지의 오두막집

10. 얼음이 풀림

11. 근대극 이전의 극을 통틀어 이르는 말

13. 건물 만드는 일을 전문으로 하는 사람

17. 겉으로 드러나지 않은 사정이나 실상

18. 김정일의 전속 무희

19. 가난한 생활 속에서도 편안한 마음으로 도를 즐김

21. 배터리

24. 밥을 먹기 전

25. 감사원 따위의 기관

⬇ **〈세로열쇠〉**

1. 둘 이상이 공모하여 함께 죄를 범함

2. 끝이 갈라진 무

3. ○○에 오른 고기

5. 핵반응에 의한 빛을 반사시켜 추진력을 얻는 로켓

6. 학사모

7. 어리석은 사람이 종작없이 덤벙대는 일

8. 조선 시대에 서울 남동쪽의 한강 연안에 있었던 빙고의 하나

12. 어떤 일을 함에 있어 먼저 제시되는 조건

14. 속도가 점점 더해지는 일. ○○○가 붙다

15. 달이 태양을 완전히 가리는 현상

16. 시험의 해답을 적은 종이

20. 양양에 있는 유명한 절

22. 일의 처음부터 끝까지의 경과

23. 경치. 자연○○이 뛰어나다

202

문제 *10*

1		2				3		4
		5	6		7			
8	9		10	11			12	
	13	14				15		
		16			17			
	18			19		20	21	
22			23		24		25	26
		27			28	29		
30						31		

➡ **〈가로열쇠〉**

1. 주로 농작물에, 볕이 쬐는 시간이 많은 시기

3. 특정한 자연인 또는 법인이나 국가가 정당한 절차를 밟아 이미 차지한 권리

5. 짐승의 몸

7. 술에 취하여서 하는 못된 버릇

8. 천주교의 예배 의식

10. 전지를 넷으로 접어 자른 종이

12. 강바닥이나 해안의 모래에 섞인 금

13. 개신교의 봉사 직분의 하나. 집○

15. 추저분하고 창피스러운 태도

16. 까무러쳐 넘어짐

17. 썩 날랜 기병

18. 병사들의 씩씩한 기계

20. 마권을 갖고 참여하는 노름

22. 음력 설

23. 서유기의 주인공은?

25. 서로 맞대어 비교함

27. 이발료, 관람료, 대관료….

28. '○○ 일언이 중천금'

30. 주택이 밀집한 지역

31. 신부가 가지고 가는 돈

⬇ **〈세로열쇠〉**

1. 비행기의 앞부분

2. 엉덩이에서 배출되는 가스는?

3. 바둑이나 장기를 잘 두는 사람

4. 토지나 건물의 권리에 대한 돈

6. ○○ 숙녀 여러분~

7. 한 사찰을 맡아보는 스님

9. 개인의 시집이나 문집

11. 인연이나 관계를 끊음

12. 소의 무릎 뒤쪽 오금에 붙은 고기. 곰국의 재료로 쓰이죠

14. 춘분 · 하지 · 추분 · 동지

15. 카톨릭의 최고 성직자. 김수환 —

18. 그릇된 것을 조사하여 바로 잡음

19. 편성된 대열

21. 거친 삼실로 엉성하게 짠 자루

22. 구원의 예수를 이르는 말

23. 손바닥에 난 줄무늬

24. 물건을 가공 · 제조하는 곳

26. 비상시를 위해 모아둔 돈

27. 인도의 독특한 도 수행법

29. 건물이나 도로 시설을 하기 위한 땅

문제 *11*

1		2		3			4	
		5				6		
	7			8				9
10			11			12		
	13				14			
15			16				17	
		18			19			
20				21			22	23
		24				25		

➡ <가로열쇠>

1. 봇짐 장수와 등짐 장수를 아울러 이르던 말
3. 일의 형편이나 까닭
4. 예정한 계산
5. 범죄 현장에서 발각된 범인
6. 분수에 넘치게 겉치레를 함. ○치
7. 쥐부스럼
8. 대학에 나붙는 벽보를 이르는 말
10. 처음 범죄를 저지른 범인
11. 도덕에 관한 학문
12. 호랑이
13. 국민 총생산의 영어 약자
14. 장례의 주장에 되는 맏상제
15. 한 단위의 군인 집단. 군○
16. 입법부, 사법부, ○○부
17. 일의 결과로 얻은 이득
18. 제 시간에 도착하지 못하는 일
19. 사람 몸의 허리 윗부분. ○○신
20. 변덕스럽고 요사스러운 여자를 뜻하는 말
21. 이른 아침
22. 지상 부대가 항공기를 이용하여 적진으로 쳐들어가는 일
24. 확률
25. 전체를 갈라서 파는 땅

⬇ <세로열쇠>

1. 범죄 집단의 두목
2. 상현 때의 반원형의 달
3. 선생님을 배출하는 대학
4. 으뜸과 버금
6. 태업의 프랑스 말. 사○타○
7. 범죄 발생의 우려가 높은 지역
9. 한 가지 일로써 두 가지의 이익을 얻음. ○거○득
11. 여기저기 도망치거나 피하여 다니는 일. ○○행각
14. 서로서로 도움
15. 붙지도 떨어지지도 아니함
17. 자기 몸을 태워 부처에게 공양하는 일
18. 연필로 쓴 것을 지우는 것은?
21. 대추와 밤
23. 땅을 반반하게 고름

문제 *12*

1		2				3		4
		5	6		7			
8	9		10	11			12	
	13	14				15		
		16						
	17					18	19	
20			21		22		23	24
		25			26	27		
28						29		

➡ **〈가로열쇠〉**

1. 실업을 경영하는 사람
3. 여러 작품을 진열하고 보이는 모임
5. 고맙게 해준 데 대한 갚음
7. 낮잠
8. 물에 빠져 죽음
10. 가을철에 V자 모양으로 무리를 지어 나르는 철새
12. 화초를 심기 위해 흙을 한층 높게 쌓아 놓은 꽃밭
13. 이른 시기
15. 벨트
16. 권투 선수의 이를 보호하기 위해 착용하는 기구
17. 장래에 대한 전망
18. 선박의 용량
20. 품질이 썩 좋은 비단
21. 부처의 사리를 모셔둔 탑
23. 남의 제의를 받아들이지 않음
25. 겉으로 나타나는 생김새나 현상
26. 청하는 바를 들어 줌
28. 말을 타고 싸우는 병사
29. 석유를 담는 통

⬇ **〈세로열쇠〉**

1. 실제로 얻은 수익
2. 한 집안의 계보
3. 오로지 한 가지 일만을 닦음
4. 회장·부회장 등을 집합적으로 이르는 말
6. 자신의 체험을 적은 글
7. 남에게 지기 싫어하는 마음
9. 한 시대의 일반적인 사상의 흐름
11. 사랑에 관한 이야기
12. 우주 만물에 골고루 들어있다고 하는 불기운
14. 말을 타고 싸우는 흉내를 내는 놀이의 한 가지
15. 엔진 기관에서 왕복 운동을 하는 원통형 부품. ○ㅅ○
17. 실크
19. 거두어 감. 쓰레기 분리 ○○
20. 주사할 때 쓰는 기구
21. 정중하게 요구를 물리침
22. 항공기나 선박따위에 올라탐
24. '뚱뚱한 여자'의 비유 말. ○○통
25. 병사를 모집함
27. 산 위나 벼랑 등에서, 돌이 떨어짐

문제 *13*

1		2		3		4		5
		6	7			8		
9	10				11			
12		13		14			15	
	16		17		18	19		
20			21			22		23
		24			25		26	
27				28		29		
		30				31		

➡ 〈가로열쇠〉

1. 설탕을 달게 타서 끓인 물
3. 비행기를 넣어두는 창고
6. 고종 때 대원군이 경복궁 중건을 위한 재원 마련의 일환으로 징수한 세금
8. 처마끝에 거꾸로 자라는 얼음기둥
9. 조의를 나타내기 위해 옷깃이나 소매에 다는 표
11. 학대를 함. ○○성 변태성욕
12. 히로뽕과 같은 약물
14. 승부나 시비의 판정. 당장 ○○을 내자
15. 일반에게 개방함. ○○방송
16. 탄환이나 포탄이 날아가는 물리적 특성을 연구하는 학문
18. 명성황후의 시아버지. 고종황제의 아버지
20. 눈의 빛
21. 어떠한 규정을 보충하기 위해 덧붙인 규칙
22. 만화책 따위를 빌려주는 곳
24. 수단과 방법을 꾀함. 친목을 ○○하다
26. 새의 주둥이
27. 머리털을 양쪽으로 갈라 붙일 때 생기는 골
28. 공기를 뽑아낸 빈 관
30. 지리산에 있는 골짜기 이름
31. 몹시 인색한 사람

⬇ 〈세로열쇠〉

1. 기계 따위의 가치를 매년 조금씩 감소시켜 회계하는 방법
2. 자기의 성명이나 직함 아래에 도장 대신 쓰는 일정한 자형
3. 격렬하게 싸움. ○○지
4. 옛 유적이나 유물을 연구하는 학문
5. 미꾸라지와 비슷한 민물고기. 줄미꾸라지
7. 천연두
10. 강원도 태백시 장성동에 있는 무연탄광
11. 길에서 신문이나 담배 따위를 파는 곳
13. 정해진 법규나 법도. 의회○○
15. 공군의 최고 통수 기관
17. 취학 아동을 가진 부모
19. 소속되어 있는 자기 부대. ○○복귀
20. 실직한 데다 ○○○○으로 병까지 나다
23. 발음체의 진동수를 재는 기구
24. 도롱뇽과 비슷한 파충류. 꼬리가 끊어지면 새로 난다
25. 중국무술에서 안으로 힘을 모으는 일
28. 신라 때 골품의 하나. 부모 가운데 한쪽만 왕족
29. 「관할구역」의 준말

문제 *14*

1			2		3		4	
		5			6			
7	8			9			10	11
			12			13		
14		15			16		17	
				18				
19	20		21			22		23
	24				25			
26			27				28	

➡ 〈가로열쇠〉

1. ○○한 실수
2. 여명, 장만옥 주연의 영화
4. 기묘한 소리
5. 심장의 판막에 붙어 있는 섬유 결합 조직
6. 필름이 여러 가지 빛에 대해 반응하는 성질
7. 도자기를 만드는 학과
9. 식혜 사촌. 단술
10. 몸에서 내장이 들어 있는 부분. ○○임신
12. 깨나 콩 따위를 물엿에 버무려 만든 과자. 깨○○
14. 영국 황실이 임명하는 시인
16. 고생 끝에 낙이 있다는 말
18. 단팥묵
19. 배고픔과 목마름
21. 크게 이룸
22. 여섯 줄의 전통 현악기
24. 반대로 견주어짐. 맷집은 체급과 ○○○한다
25. 신라 때의 골품의 하나. 부모 중 어느 한쪽만이 왕족인 사람
26. ○○를 배치하다
27. 정월 초하룻날 아침에 팔러 다니는 것
28. 물에 밀려 흘러내리는 모래

⬇ 〈세로열쇠〉

1. 도청소재지가 수원이죠
2. 시문이나 답안 등에 말을 보태거나 깎아 내거나 하여 고치는 일
3. 밀감을 주원료로 한 술
4. 맞춤복의 반대말. 이미 만들어 놓고 파는 옷
5. 익으면 껍질이 마르는 과실. 콩, 호두 따위
8. 조선 때 칙령과 교명을 기록하던 관청
9. 원망하거나 성내는 마음
11. 하루살이와 비슷한 민물곤충
12. 군세고 질김. ○○한 정신력
13. 거침없는 기세로 나아감
14. 전자회로를 이용하여 계산을 빠르게 하는 기계
15. ○○작업
16. 타히티섬에서 활약한 인상파 화가
17. 느낌표가 붙는 문장
18. 「음성」과 ○○
20. 식물의 잎에 갈색의 둥근 반점이 생기는 병
21. 지난날 나라에 중대한 의식이 있을 때 벼슬아치가 입던 예복
22. 복사뼈
23. 단군시대부터 신라가 망할때 까지의 역사
25. 참된 이치

문제 *15*

1		2			3		4	5
				6		7		
	8					9		
10								
	11	12			13		14	
15				16			17	
18				19		20		
		21	22					23
24					25			

➡ 〈가로열쇠〉

1. 「반올림」의 구용어
4. 뛰어난 의견이나 생각
6. 지출 내용이 없이 기밀에 쓰는 비용
8. 손뼉을 치며 한바탕 크게 웃음
9. 날마다 박아서 펴내는 신문. ○○지
10. 정상적이 아닌 딴 물질
11. 집안에서 보기 위해 기르는 나무
13. 미리 많은 물건을 사서 재두는 일
17. 어려움을 뚫고 나아가 기어이 목적을 이룸
18. 아직 사용하지 않음
19. 기억을 잃어버리는 병
21. 매화, 난초, 국화, 대나무는?
24. 겨울 잠
25. 입법, 사법, 행정부가 서로 견제·조화하는 민주주의 기본 원리

⬇ 〈세로열쇠〉

1. 사임의 뜻을 적은 서면
2. 5일마다 서는 장
3. 아주 잘고 자세함. ○밀 검사
5. 개와 원숭이 사이처럼, 사이가 매우 나쁜 관계
6. 검사가 법원에 재판을 서면으로 청구하는 것. 공소장의 구용어
7. 한두 번이 아님. ○일○재
8. 여러 유물을 전시하는 곳
12. 전쟁에서 상처를 입고 제대한 군인을 이르는 말. ○○ 용사
14. 선박 등의 기관이 설치된 곳
15. 3.1운동의 다른 말. ○○ 운동
16. 대기하고 있는 사람
20. 영화 저작물을 상영할 수 있는 권리
22. 출신이나 경력 등에 의한 군인의 파벌
23. 생존하여 자립함

문제 *16*

	1	2		3		4		5
6				7				
8							9	
10	11				12			13
				14				
15						16		
		17						
18				19				

➡ **＜가로열쇠＞**

1. 소 · 돼지의 안심 · 등심 등 연한 살코기에 양념을 하여 구운 음식

4. 해가 진 뒤 컴컴해질 때까지의 어스레한 동안

7. 재담을 잘하는 사람

8. 한 나라나 한 지방의 일정한 범위에서만 표준으로 사용하는 시간

9. 시어머니가 며느리를 부르는 호칭 가운데 하나. '아범의 아내'

10. 갈가리 찢기고 흩어져 갈피를 잡을 수 없음

12. 규모가 굉장히 크고 잘 지은 집

15. '몰래카메라'의 준말

16. 물결이 바위 따위에 부딪쳐 안개 모양으로 흩어지는 잔 물방울. 수말

17. 아이를 대신 낳아주는 여자

18. 정치적 · 경제적으로 다른 나라의 지배를 받아 국가로서의 주권을 갖고 있지 않은 나라

19. 결혼할 때 신부 집으로 함을 지고 가는 사람. 대부분 아들을 낳은 사람이 맡게 된다

⬇ **＜세로열쇠＞**

2. 사방이 벽으로 둘러싸인 코트에서 두 사람이 라켓으로 공을 벽에 맞히고 되받아 쳐 득점을 겨루는 경기

3. 재물의 힘으로 출세함

4. 뱀을 잡아 파는 사람

5. 최소 한도. 극소. '맥시멈'의 반대

6. 투표소에서 기표할 때 사용하는 용지. 후보자의 이름이나 기호 등이 적혀 있다

9. 귀여움을 받으려고 어리고 예쁜 태도를 보이며 버릇 없이 구는 짓

11. 바퀴가 2개 달린 작은 손수레

13. 실의 가닥. 한 가닥의 실. ○○ ○○ 하나 걸치지 않았다

14. 비행기를 싣고 발착시키며 해상에서 이동 비행기지 구실을 하는 군함

15. 상식에 벗어나고 사리에 어두움

16. 긴 통나무 한쪽을 파내어 물받이를 만들고 다른 한쪽에 공이를 달아 물받이에 물이 차고 비워짐에 따라 공이가 오르내리며 곡식을 찧는 방아

17. 엄지 손가락

문제 *17*

	1	2	3		4	5		
6		7			8			9
10	11		12				13	
14		15			16	17		
18	19		20		21		22	23
24			25				26	
		27			28	29		
	30				31			

➡ 〈가로열쇠〉

1. '○○○ 망신은 꼴뚜기가 시킨다'
4. 「참죽나무」의 준말
7. 상업상의 용무
8. 새의 주둥이
10. 갚아 줌
12. 이라크의 대통령
13. 고금에 뛰어난 위대한 시인
14. 달나라에 있다는 나무
16. 화가 바뀌어 오히려 복이 됨
18. 연산군을 몰아내고 진성대군을 임금으로 추대한 사건
21. 말의 귀를 스치는 바람
24. 실용에 편리한 기구나 기계
25. 상품에 붙인 정찰 대로 할인 없이 파는 제도
26. 굽고 끓이는 일
27. 주도
28. 돌을 다루어 물건을 만드는 사람
30. 일본의 집권당
31. 검사가 법원에 재판을 청구할 수 있는 권리

⬇ 〈세로열쇠〉

2. 자연계의 사물의 형태
3. 전에도 없었고 앞으로도 있을 수 없음
4. 고려 때 이 곡이 대나무를 의인화하여 지은 가전체 작품
5. 백합. 「참나리」의 준말
6. 사상 활동의 분야
9. ○○○을 골라 입다
11. 원수를 갚음
13. 데모. ○○대를 해산하다
15. 자침으로 방위를 알 수 있도록 만든 기구
17. 엉뚱한 곳에서 화를 푸는 일
18. 가운데 귀에 생기는 염증
19. 살갗이 곪아 고름이 잡히는 병
20. 꿀림이 없이 바르고 떳떳함. ○○○○하게 겨루다
21. 신석기시대 때 사용하던 연장
22. 같은 민족. 해외○○
23. 사회의 죄악이나 불합리한 점을 풍자하는 내용의 연극이나 희곡
27. 그 땅에 사는 백성
29. 소의 수컷

문제 *18*

	1		2		3		4	
5			6	7			8	9
10	11		12		13		14	
	15				16			
17			18	19			20	21
22	23		24		25		26	
	27				28			

➡ <가로열쇠>

1. 물건을 싸는 작은 보
3. 미생물을 관찰하는 기계
5. 충남 한산 지방의 특산물
6. 물고기의 호흡기관
8. 적군과 서로 마주하여 진을 침
10. 믿던 종교를 배반함
12. 총 따위를 넣어두는 창고
14. 끼니를 거름
15. '월급이 쥐꼬리만 하다' 고 할 때 사용하는 수사법
16. 동물을 훈련시키는 사람
17. 화장실 예술
18. 오존층이 막아주는 것. 피부 암을 일으키죠
20. 전문 분야에 조예가 깊은 사람
22. 물 속에 숨어 있어 항해를 방해하는 바위
24. 여성의 미모를 이용한 계략
26. 지탱하여 나감
27. 상업상의 거래
28. 남한측 서해안 최북단의 섬

⬇ <세로열쇠>

1. 자비심으로 남에게 조건 없이 베품
2. 길잃은 아이
3. 왕겨만 벗기고 쓿지 않은 쌀
4. 거울을 달아 세운 화장대
5. 이기적으로 부정한 이익만을 꾀하는 사람
7. 방이 건조할 때 필요하죠
9. 새로 만든 배를 진수시킬 때 하는 의식
11. 학교에서 공부하는 책
12. 법이 없는 것처럼 함부로 구는 사람
13. 단군이 세운 나라
14. 죽음을 각오한 사람들로 조직된 부대
17. 삼천궁녀가 다이빙한 곳
19. 지구 밖의 다른 천체에서 온 사람
21. 손가락에 치레로 끼는 두 짝의 고리
23. 사람이 죽은 일. ○○집
24. 「과거」와 ○○
25. 황산벌에서 신라군을 맞아 싸운 백제 장수
26. 태권도 · ○○ · 검도

문제 19

	1	2				3	4	
5			6		7			8
			9	10				
11	12						13	
			14					
15							16	17
			18		19			
20	21	22			23	24	25	
	26					27		

➡ **〈가로열쇠〉**

1. 별들의 집단
3. 흥겹게 놂
5. 이중주
7. 가산을 다 써서 없애고 몸을 망침
9. 압축 공기의 작용으로 탄환이 발사되도록 만든 총
11.음식을 담는 그릇
13.천주교 최대의 예배 의식
14.인도차이나 반도의 중앙부에 남북으로 길게 자리잡은 사회주의 공화국
15.양친의 형질이 자식에게 전해지는 현상
16.뛰어나게 훌륭함
18.돈이나 물건을 쓰는 사람. '생산자'의 반대
20.남자는 남쪽 지방에, 여자는 북쪽 지방에 잘난 사람이 많다는 뜻
23.아주 가는 허리를 곤충에 비유한 말
26.마음과 힘을 다함
27.물이나 약품을 안개처럼 뿜어냄

⬇ **〈세로열쇠〉**

1. 성삼위의 제1위격인 하느님
2. 단결
3. 값이 정해져 있음
4. 흥하고 망하는 일. ○○성쇠
5. 아기가 젖을 떼는 시기에 먹는 음식
6. ○○이 많으면 배가 산으로 올라간다
7. 고대인이 버린 조가비가 무덤처럼 쌓여 있는 것. 조개무지
8. 처음으로 사원이 되는 일
10.'유난히 매끄럽게 모양을 내고 다니는 남자'를 이르는 말
12.서력 기원의 이전
13.죄의 유무가 아직 결정되지 않은 채 구치돼 있는 사람. '기결수'의 반대
15.부인이 있는 남자
17.몸이 작고 다리가 짧으며 온 몸에 긴 털이 난 개
18.안데르센의 대표적인 동화는 '성냥팔이 ○○'
19.금조개를 얇게 썰어 낸 조각. ○○장
21.북극의 반대되는 곳
22.북쪽으로 진출하거나 진격함
24.수학에서 어떤 함수의 미분 계수를 구하는 셈법
25.아무것도 없고 텅 빔

문제 *20*

1		2			3		4	
		5		6			7	
8	9							
				10	11		12	
	13		14		15			
16			17	18				
							19	20
21	22		23			24		
	25					26		

➡ **〈가로열쇠〉**

1. 방사성 물질에서 나오는 방사선의 하나. 극히 파장이 짧은 전자파로, 물질을 투과하는 힘이 몹시 강함

3. 구약 성경의 창세기에 나오는 전설상의 탑. 사람들이 하늘에 닿는 탑을 쌓아 올리다가 신의 노여움을 사서 이루지 못했다고 함

5. 못할 일이 없음. ○○○○의 권력을 휘두르다

7. 재주가 있는 남자

8. 음악을 연주함

10. 아침밥

12. 물 위에 떠 있는 나무

13. 꼬리가 아홉 개 달렸다는 여우

15. 개신교에서 찬송가를 부르기 위해 조직한 합창대. 성가대

16. 젖먹이 적에 나서 아직 갈지 아니한 이

17. 시골동네의 길목에서 술이나 밥을 팔고 나그네를 재워주는 집

19. 눈이 많이 내리는 고장에서 눈이 깊은 곳을 다닐 때 신 바닥에 대는 넓적한 물건

21. 나무 사이에 매달아 침상으로 쓰는 그물 모양의 것

23. 겉과 속이 다름

25. 듀엣(duet)

26. 쇠가죽에서 벗겨 낸 질긴 고기

⬇ **〈세로열쇠〉**

1. 소주에 용안육, 대추, 포도, 살구씨, 구기자, 두충, 숙지황 등을 넣고 우린 진하고 단 술

2. 먼저 처리해야 할 요긴한 일

3. 아주 큰 돌. 암석

4. 배나 항공기에 물건을 실음

6. 불에 타 죽고는 그 재 속에서 다시 태어난다는 새. 피닉스

9. 서로 욕하며 싸우는 짓

11. 밥 먹을 때 곁들여 먹는 음식

12. 기본이 되는 건축물에 덧붙여 딸려 있는 시설

14. 오스트레일리아

18. 쌀로 빚어서 청주를 떠내지 않고 그대로 걸러낸 텁텁한 술. 탁주

20. 연극에서 최후의 막. 대단원

22. 동물의 먹을거리

23. 남의 공적이나 선행을 세상에 드러내어 밝힘. ○○장

24. 같은 수효

답

5

모	나	리	자		민	며	느	리
다	대		모	직	물			아
깃		납	회			식		스
매	통			일	자	무	식	
	차		엄		몰		궁	
종	지	기	호				화	자
횡		한			공	포		중
무			과	실	주		선	지
진	수	성	찬		병	자	호	란

6

금	혼	식		매		서	영	춘
수	비		각	도	기		수	하
강		정	선		성	수		추
산	해	진	미		복	지	부	동
		산				재		
물	물	교	환		상	업	자	본
적		생	기		급	보		연
증	여		창	업	자		산	지
명	세	서		주		대	중	성

7

사	주	단	자		이	적	행	위
적		공	격		심	기		증
			지	구	전			
도		수	심		심	사		대
장	려	상				선	착	장
밥		자	생		기	무		부
			월	계	관			
산		유	생		지	기		수
문	전	성	시		염	세	철	학

8

태	풍	의	눈		함	수	관	계
극	화		물		경		보	수
나		주	방		북	어		나
방	위		울	릉	도		용	무
		령				광		
형	제		반	성	문		로	마
설		기	포		전	역		수
지	명		지	박		기	걸	
공	소	시	효		대	동	소	이

9

공	정	가	격		도		섬	광
범		랑		사	마	천		자
	동	무	생	각		방	갈	로
해	빙		모		지			켓
	고	전	극		건	축	가	
개		제		답			속	내
기	쁨	조		안	빈	낙	도	
일		건	전	지		산		배
식	전		말		감	사	기	관

10

다	조	기				기	득	권
리		수	신		주	사		리
미	사		사	절	지		사	금
	집	사		연		추	태	
	절	도		비	기			
	사	기		대		경	마	
구	정		손	오	공		대	비
세		요	금		장	부		상
주	택	가			지	참	금	

11

보	부	상		사	정		정	산
스		현	행	범		사	부	
	우	달		대	자	보		일
초	범		도	학		타	이	거
	지	엔	피		상	주		양
부	대		행	정	부		소	득
즉		지	각		상	반	신	
불	여	우		조	조		공	정
리		개	연	율		분	양	지

12

실	업	가				전	람	회
수		보	수		오	수		장
익	사		기	러	기		화	단
	조	기		브		피	대	
		마	우	스	피	스		
	비	전		토		톤	수	
주	단		사	리	탑		거	절
사		모	양		승	낙		구
기	마	병				석	유	통

13

감	로	수		격	납	고		기
가		결	두	전		고	드	름
상	장		창		가	학		종
각	성	제		비	판		공	개
	탄	도	학		대	원	군	
설	광		부	칙		대	본	소
상		도	모		정		부	리
가	르	마		진	공	관		굽
상		뱀	사	골		구	두	쇠

14

경	미		첨	밀	밀		기	성
기		건	삭		감	색	성	
도	예	과		감	주		복	강
	문		강	정		돌		도
계	관	시	인		고	진	감	래
산		추		양	갱		탄	
기	갈		대	성		거	문	고
	반	비	례		진	골		대
복	병		복	조	리		유	사

15

사	사	오	입		정		고	견
표		일		기	밀	비		원
	박	장	대	소		일	간	지
이	물			장		비		간
	관	상	수		사	재	기	
기		이		대			관	철
미	사	용		기	억	상	실	
운		사	군	자		영		존
동	면		벌		삼	권	분	립

16

	로	스	구	이		땅	거	미
투		쿼		재	담	꾼		니
표	준	시		발			어	멈
용			신			리		
지	리	멸	렬		고	대	광	실
	어			항				오
몰	카		공		물	보	라	
상		대	리	모		방		기
식	민	지			함	진	아	비

17

	어	물	전		죽	나	무
사		상	무		부	리	기
상	복		후	세	인	시	성
계	수	나	무	전	화	위	복
	침				풀		
중	종	반	정	마	이	동	풍
이	기		정	찰	제	포	자
염		주	당	석	수		극
	자	민	당	기	소	권	

18

보	자	기		현	미	경	
모	시		아	가	미	대	진
리			습				수
배	교		무	기	고	결	식
	과	장	법		조	련	사
낙	서		자	외	선	대	가
화			계				락
암	초		미	인	계	유	지
	상	거	래		백	령	도

19

성	단			유	흥		
이	부	합	주	패	가	망	신
유			공	기	총		입
식	기		생			미	사
	원		라	오	스		결
유	전			라		수	발
부			소	비	자		바
남	남	북	녀	개	미	허	리
	극	진			분	무	

20

감	마	선		바	벨	탑		
로		무	소	불	위		재	사
주	악			사				
	다		조	반		부	목	
	구	미	호		찬	양	대	
젖	니		주	막			시	
			걸			설	피	
해	먹		표	리	부	동		날
	이	중	창			수	구	레

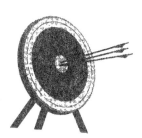

IQ-UP 퀴즈백과 ❸

2010년   5월   20일   인쇄
2010년   5월   25일   발행
2019년   11월   10일   재발행

엮은이 | 김 영 진
펴낸이 | 김 용 성
펴낸곳 | **지성문화사**
등 록 | 제5-14호(1976.10.21)
주 소 | 서울시 동대문구 신설동 117-8 예일빌딩
전 화 | 02) 2236-0654
팩 스 | 02) 2236-0655, 2952

정 가   12,000원